図書館版

ふしぎな図書館と消えた西遊記

ストーリーマスターズ⑤

作／廣嶋 玲子　絵／江口 夏実

講談社

目次

プロローグ —— 6
第1章 集結 —— 9
第2章 『西遊記』の3人衆 —— 25
第3章 夢蘭夫人のもてなし —— 45

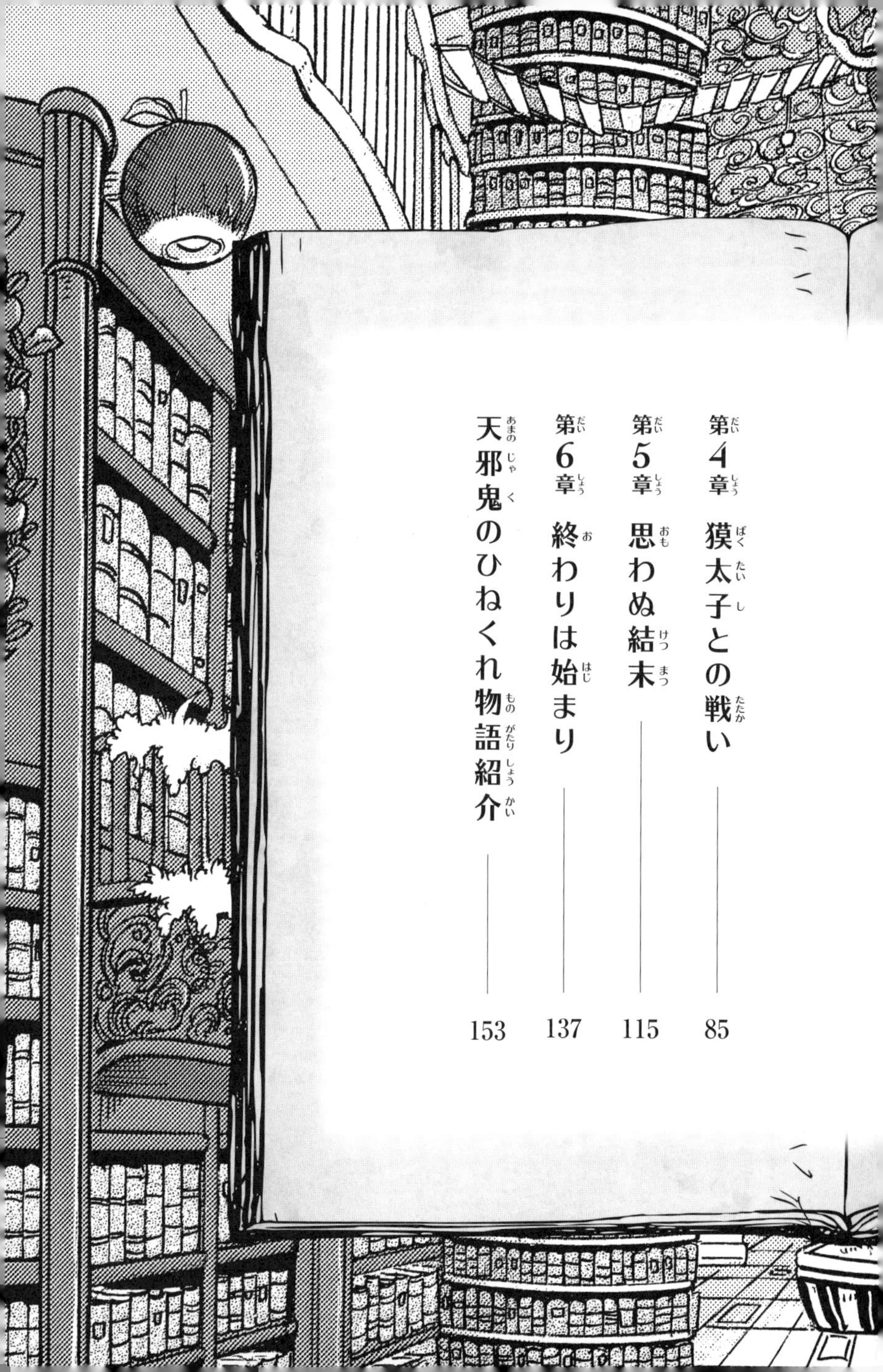

第4章　貘太子との戦い ―― 85
第5章　思わぬ結末 ―― 115
第6章　終わりは始まり ―― 137
天邪鬼のひねくれ物語紹介 ―― 153

世界の図書館

この世界のありとあらゆる物語が集められているふしぎな図書館。その大きさははかりしれない。それぞれの本の世界を守る図書館司書は、ストーリーマスターと呼ばれている。その正体は、物語の作者たち？

ストーリーマスターズ

グリム兄弟（兄・弟）
グリムワールドを守護している。

バートン卿
千夜一夜ワールドを守っている。

ムーサ
ギリシャ神話を守る芸術の女神たち。

アンデルセン
世界最大級の数の童話を作った。

宗介
『グリム童話集』の修復ミッションに挑戦。本が好きになってきた！
1・2巻で活躍！

葵
『千夜一夜物語』の世界に。読書好きで、自信家。

ひなた
明るくて元気。みんなとなかよくしたい！
3巻で活躍！

守
頭がよすぎて、仲間はずれに。グライモンにさらわれて……。
4巻に登場！

世界の図書館にようこそ!

みんなが読んでいる本の内容をだれかが変えてしまったらどうする? 「なんだかつまらないなあ。」と思うその本、もしかしたら、変えられてしまっているのかも? 魔王グライモンがおもしろいお話をひとりじめするために、世界の名作から、大事な大事な「キーパーツ」を盗んでる。物語がつまらなくなって、人間が本を読まなくなるのをねらっているのだ! 盗まれたキーパーツを探し出し、物語をもとにもどそう! 世界の名作をぜーんぶ守っている「世界の図書館」の司書=ストーリーマスターたちといっしょにミッションにいどむのはきみたちかも?

プロローグ

貪食の魔王グライモンの好物は、物語だ。

物語を食べることが大好きで、しかも、「これがなくては物語がなりたたなくなる。」というキーパーツをかじりとっていく。

物語の守り手、世界の図書館のストーリーマスターたちにとって、これほど頭にくることはなかった。

「あいつめ！　いったい、どこから忍びこんでくるんだ！　守護者のイッテン殿が目を光らせているというのに、なぜ世界の図書館に入ってこられるんだ？」

そう。どれほど警戒していても、グライモンはするっと世界の図書館に侵入して、キーパーツを盗んでいく。くやしいことだが、ストーリーマスターたちはそれを防げたことがなかった。

しかも、最近になって、グライモンが攻撃方法をがらりと変えてきたのだ。例えるなら、こそ泥から強盗に進化したと言うべきか。キーパーツではなく、ストーリーマスターが持っているブックを直接ぶんどっていったのである。

ブックは、物語の世界を作りだしているもので、それを使えば、物語の破壊も創造も思いのままにできる。まさに物語の心臓だ。

そのブックを、人間の子どもに与えることによって、グライモンは物語をめちゃくちゃにした。

なんとかその一件は解決し、ストーリーマスターたちはそろって胸をなでおろしたのだが……。

数日後、思わぬ事態が起きた。

グライモンに利用され、だが、からくも難を逃れたはずの子ども、鳥崎守がこつぜんと姿を消したのである。

第1章
集結
story 1

10月5日、午後4時13分。

小学4年生の渚橋宗介は、自分の部屋で本を読んでいた。

と、いきなり声が聞こえてきた。

「宗介君。宗介君、こっちに来てくれ。今すぐ君の助けが必要なんだ。」

切羽詰まった男の人の声に、宗介はぎょっとした。

だが、すぐにだれの声なのか、気づいた。世界の図書館のストーリーマスターのひとり、ヴィルヘルム・グリムに違いない。

声をひそめて聞き返した。

「ヴィルヘルムさん?」

「そうだ。ぼくだ。また困ったことになったんだよ。君の部屋に『グリム童話集』があるだろう? ぼくは今、その本を通して、君に話しかけている。さ、その本を手に取って、ページを開いてくれ。そうすれば、君を世界の図書館に招くことができるから。」

宗介はたちまち胸がどきどきしてきた。これはストーリーマスターからの正式な招待だ。ということは、また不思議な世界を冒険することになるだろう。ちょっとこわいが、わくわくもする。

だから、宗介はすぐさま本棚から『グリム童話集』を引っぱりだした。つい最近、親にねだって買ってもらったものだ。息を1つついてから、ページを開いた。

とたん、ページの中に吸いこまれるようにして、世界の図書館に運ばれた。

宗介は目をぱちくりさせた。ありとあらゆる物語をおさめた世界の図書館に来るのは、これで2度目。前回は、それこそ数え切れないほどの本が、大きな広間の壁一面に並べられていたものだ。

だが、今回は本は一冊も見当たらなかった。

宗介は、だだっ広い丸い部屋の真ん中に立っていた。周りはたくさんのイスで幾重にも囲まれていて、なんというか、円形の舞台と客席という感じだ。

そして、どのイスもほとんど埋まっていた。すわっているのは、服装も人種もさまざまな人たちだった。

白人、黒人、アジア人。やたら古めかしい服を着ている男の人もいれば、十二単をまとった女の人もいる。１つだけ共通点があるとしたら、みんな深刻そうな悩ましげな顔をしながら、宗介のほうを見ていることだ。

居心地が悪くて、顔をうつむけそうになった時、ぎゅっと手をにぎられた。

顔をあげれば、そこにヴィルヘルム・グリムがいた。若々しい青年の姿をしているが、彼はかの有名な『グリム童話集』を築きあげたグリム兄弟の弟であり、グリムワールドのストーリーマスターだ。

ヴィルヘルムはあわただしく宗介に言った。

「来てくれて感謝するよ、宗介君。悪いが、もう少しここで待っててくれ。くわしい説明は、あとでイッテン殿がするはずだから。」

「イッテン、殿？」

「ああ。すまないが、ぼくはもう行くよ。兄さんが大怪我をした呉さんの手当てをしているから、手伝いに行かなくちゃ。」

「え、ちょっと待ってよ！」

宗介は必死で呼び止めようとしたが、ヴィルヘルムはあっという間にイスのすき間を駆け抜け、部屋から出ていってしまった。

ひとり取り残され、ますます心細くなった時だ。少し離れたところで、顔に傷のある男の人と話しこんでいた少女が、こちらを振り向いた。

宗介は「あっ！」と声をあげてしまった。それはクラスメートの帆坂葵だったのだ。

葵もびっくりした顔をしながら、宗介のほうに駆けよってきた。

「宗介？　あんたも来たの？」

「うん。ヴィルヘルム・グリムさんにいきなりここに連れてこられて……。ていうか、葵は……え、もしかして、葵もストーリーマスターの相棒？」

「そうよ。前に『千夜一夜物語』を修復するのを手伝ったの。ほら、あそこにいるのが千夜一夜ワールドのストーリーマスター、バートン卿よ。本人はフランって呼

ばれるのが好きだけどね。」

葵は顔に傷のある男の人を指し示した。宗介の視線に気づいたのか、バートン卿は軽く頭を下げてきた。その動き一つとっても、紳士的で、かっこよかった。

あわてておじぎを返したあと、宗介は葵にささやいた。

「葵、どうしてここに連れてこられたか、バートン卿から聞いた？」

「ううん。あとで説明するって言うだけ。でも、すごくやっかいなことが起こったのは間違いないと思う。」

「そうだろうな。……なあ、ここに集まっている人たちって、もしかして……。」

葵は宗介に最後まで言わせなかった。

「たぶん、全員がストーリーマスターよ。」

「……すごいな。こんなにいるんだ。」

「別に驚くようなことじゃないでしょ。だって、世界の図書館なんだもの。」

つんとした口調で言う葵に、生意気だなあと、宗介が顔をしかめた時だ。

さっと、その場に新たな人物が現れた。宗介たちと同年代の大柄な少女、そしてなんと1匹の猫だ。

少女のほうは見るからに明るそうなタイプだった。顔つきは陽気で、全身から「ポジティブでーす！」というオーラが出ている。

猫のほうは、見たこともないほど老いぼれていて、灰色の毛並みはぼさぼさ、しっぽもぎざぎざに折れ曲がっている。だが、目だけはすばらしい金色だった。

宗介は首をかしげてしまった。

「あの猫ってなんだ？」

「あんた、知らないの？　あれはここの守護者のイッテンよ。あんな姿をしてるけど、ほんとはすごく大きくて、立派な姿と力を持った猫なんだから。」

人が知らないことを教えるのが大好きな葵は、さっそく得意げに言った。

「イッテン？　さっきヴィルヘルムさんが言っていたのって、猫のことだったのか？」

宗介は驚きながらも、ちょっとようすを見てみることにした。

イッテンに連れられてきた少女は、きょろきょろと周りを見て、「あれえ、なん

で、あたし、ここにいるんだろ？」と、のんきにつぶやいていた。

と、鼻が大きくて、もしゃもしゃ頭の男の人が、ばたばたと飛びだしてきた。

「ひなた君！」

「あっ、アンデルセンさん！」

うれしそうに少女は笑った。

一方、宗介と葵は顔を見合わせた。

「今の、聞いた？　あの人、アンデルセンみたいよ！」

「うん。おれでも知ってる作家だよ。あの人もストーリーマスターだったんだ。

……なんか、子どもっぽい目をした人だな。」

「うん。わたし、もっと物悲しい雰囲気の人を想像してた。」

そんなことをささやかれているとも知らず、アンデルセンはひなたと呼んだ少女をぎゅっと抱きしめた。

「会いたかったよ、ひなた君！　元気だったかい？」

「もちろんです！　あ、『最後の真珠』、読みましたよ。なんか、すごくいろいろ考えさせられました。」

「そうだろう？　やあ、うれしいなあ。で、他のは？　『コウノトリ』の感想も聞きたいな。」

「……えっと、それはまだ読んでないというか。」

「ひ、ひなた君！　ひどいよ！　ぼくが君のことを思っているほど、君はぼくのことを大事に思ってくれていないんだね！」

「そんなことないですって！」

この時、猫のイッテンがぴしゃりとアンデルセンをしかりつけた。

「こりゃ、ハンス！　いいかげんにせい！　今はそんな場合ではないんじゃぞ！」

「イ、イッテンもひどいよ。ぼくがこんなに心を傷つけられたというのに、慰めてもくれないのかい？」

「おまえさんを慰めにかかっていたら、朝までかかるわ。ほら、ひなた、こっちにおいで。葵も宗介も集まるんじゃ。これから状況を説明する。」

言われたとおりに集まった3人に、イッテンは言った。

「まずは紹介といこう。宗介と葵はすでに顔見知りじゃな。ひなた、こっちの子たちはおぬしより1学年下の渚橋宗介と帆坂葵じゃ。で、この子は多々良ひなた。おぬしらと同様、ストーリーマスターの弟子じゃ。」

「ちょっと待った！　弟子ってなんだよ！」

「弟子じゃなくて、せめて相棒って言ってよ、イッテン！」

「あたしもアンデルセンさんの弟子になったつもりはないんだけどなあ。」

「ひどい！　ぼくの弟子はいやだって言うのかい、ひなた君！」

ぎゃあぎゃあわめく3人＋アンデルセンに、イッテンはひげを痙攣させた。

「いいから、ちょいと黙っておれ。ともかく、おぬしら3人を呼んだのは他でもない、非常事態が起きてしまったからなのじゃ。」

「非常事態……。」

息をのむ子どもたちに、イッテンはグライモンの襲撃があったことを告げた。

「今回襲われたのは、『西遊記』じゃ。ストーリーマスターの呉承恩が襲われ、ブックを奪われた。今、必死で行方をさがしているが、まだ手がかりはつかめん。」

「ブックを？　これまではキーパーツを盗まれるだけだったんじゃないの？」

「そうじゃ、葵。これまではそうであった。だが、グライモンめはやっかいな方法を編みだしてしまってな。……今は人間の子どもを利用して、物語そのものを書き換えるようになっておるのじゃ。」

そのためにブックを奪いとったのだと、イッテンは苦々しげに言った。

「そして、子どももさらわれた。鳥崎守という男の子じゃ。調べたところ、昨日の昼頃から行方不明になっておる。」

ぞわっとした冷たいものが、子どもたちの背筋を駆けあがった。

子どもが、さらわれた。

それはとんでもなく恐ろしいことだった。

ひなたが勇気を出して口を開いた。

「それもグライモンのしわざだって言うの、イッテン？」

「ああ、そうじゃ、ひなた。……ブックをどう使えばよいか、守は知っておる子なのじゃ。というのも、あの子は前にもグライモンに利用されたことがあってな。前回はだまされてのことだったが、今回は脅されてやらされていることであろう。」

「ちょっと待った。」

今度は宗介が声をあげた。

「その子、グライモンが悪いやつだって、もうわかっているんだろ？　だったら、言いなりにならずに、ちゃんとがんばるんじゃないか？」

イッテンはため息をつきながら、だれかに目くばせした。

と、1冊の分厚い本が子どものほうにすうっと飛んできた。よく見れば、小さな妖精のような女の人たちが9人いて、本を支えていた。

「これが『西遊記』の本じゃ。さあ、ページを開いてみるといい。」

子どもたちは顔を見合わせたものの、言われたとおりにした。

『西遊記』

昔々、中国の偉いお坊さんで、三蔵法師という人がおりました。その三蔵法師に、ある日、お釈迦さまが試練を与えました。

「天竺にいるわたしのもとまでおいでなさい。旅は苦しく、危険なものとなるでしょうが、それを乗りこえることがそなたの役目。もし無事にたどりつけたら、人々の心を救う経典を授けましょう。」

この言葉に、三蔵法師はうなずき、すぐさま天竺に向けて出発しました。

そうして何年もかけて危険な旅をつづけ、中国からはるばる天竺までたどりつき、見事、お釈迦さまからありがたい経典をいただいたのです。

おしまい。

最後の「おしまい。」という言葉に、宗介も葵もひなたも目を丸くした。

「これで終わり？」

「え、何これ？」

「いや、ちょっと待った。次のページにつづきがあるかも。」

だが、いくらページをめくっても、物語のつづきはどこにもなかった。

説明を求めてイッテンを見たところ、イッテンはぶすっとした顔で口を開いた。

「それが書き直された『西遊記』じゃ。本来はその分厚い本にみっちりと、冒険に次ぐ冒険がつまっておったのに、今ではこのありさまじゃ。たぶん、グライモンに脅されるままに、守がそうしたのであろうよ。」

これはひどすぎると、子どもたちは言葉が出なかった。今さらながらに「物語が壊される恐ろしさ」を思い知った心地がした。

いち早く我に返った葵が、小さな声で尋ねた。

「わたしたちに何をさせたいわけ？」

「今回はブックを奪われてしまったから、いつもの修復方法は使えぬ。だが、このまま待っていることもできん。とりあえず、おぬしらには西遊記ワールドに入ってもらう。そして、物語そのものを新たに作りあげていってもらいたいのじゃ。」

「それどういうこと？」

「そのままの意味じゃよ。これより、わしらは総力をあげて、ブックと守の居場所を突きとめ、取り返すつもりじゃ。じゃが、このわずかな間にも、『西遊記』を読む人間はいるじゃろう。そこが問題なのじゃ。このままでは、『西遊記』とはなんとつまらない物語だろうかと、読者が間違った考えを持ってしまう。そうならないために、おぬしらの力で、このとんでもない物語をおもしろくしてほしいのじゃ！」

「そんな。物語なんて書けないし、無理だよ。」

「大丈夫じゃ、宗介。おぬしら3人が三蔵法師と一緒に旅をするとなれば、必ずや珍道中……いや、おもしろい冒険物語となるじゃろう。とにかく、時をかせいでほしい。エンディングまでには、わしらも解決策を見つけだしておく。」

　そう言って、イッテンは返事も聞かずに、まず宗介に飛びついてきた。その体が大きくふくらみ、

宗介を押し倒し、『西遊記』の本へと押しつけた。

ずぶりと、宗介はやわらかいどろにしずむような感覚に襲われた。たちまち目が回り、何もかもがぼやけていく。

最後に耳に聞こえたのは、「たのんだよ、ひなた君！　あと、物語の中で死なないでね！」と、「そういうこと言わないでよ、アンデルセンさん！」というアンデルセンとひなたの叫び声だった。

第2章
『西遊記』の3人衆
story 2

「う、うーん……。あ、あれ？」

我に返った時、宗介、葵、ひなたの3人は、真っ暗闇の中に立っていた。目をいくらこらしても、何も見えず、匂いもしない。なのに、不思議なことに、お互いの姿だけははっきり見えるのだ。

ひとりではないことにほっとしながらも、まず宗介が口を開いた。

「ここ、ほんとに西遊記ワールドかな？」

すぐさま葵が自分の考えを述べた。

「もしかしたら、準備室みたいなものかもよ。わたしたちのやる気が出たら、冒険が始まるようになっているのかも。」

「ありえそう。あおっちって、冷静だね。頭も切れるし、ブレーンって感じだね。」

にこっとするひなたに、葵は目をむいた。

「……あおっちって、わたしのことですか？」

「うん。葵ちゃんって呼ぶより、あおっちのほうが呼びやすいんだもの。ね、そうたんもそう思うでしょ？」

笑いをかみころしていた宗介だったが、「そうたん」と呼ばれて、ぽかんとした。

「……おれ、そうたんなの？」

「うん。あたしのことはひなねえって呼んで。あたし、そうやって呼ばれてみたかったんだよね。」

ひなたの持つ明るさ、能天気さは、一種のパワーだった。

心細さが消えていくのを感じ、宗介は「この先輩ってすごいのかも。」と思った。

一方の葵はいやな予感を覚えていた。せっかちでまじめな自分とは、正反対のタイプだと感じとったからだ。

と、またひなたが口を開いた。

「あのさ、今さらなんだけど、いい？ あたし、『西遊記』って知らないんだけど、ふたりは知ってる？」

「じつはおれも……。」

むふっと、葵は鼻息をついた。

「もちろん、わたしは知ってるわよ。しかたないわね。じゃ、ざっくり説明してあげる。さっきの本にもあったとおり、三蔵法師っていうお坊さんが、天竺まで経典を取りに行くっていうのが、『西遊記』のメインストーリーよ。」

「あ、それなんだけど、経典ってなんなんだ、葵？」

「お釈迦さまのありがたい言葉を記録したもの。仏教の教科書だと思って。」

「なるほどねえ。あおっち、説明上手だねえ。」

「ひなねえ。葵はクラスでいちばんの読書家なんだよ。」

「なるほど。」

宗介もひなたもなんてのんきなんだと、あきれながら、葵は言葉をつづけた。

「話を元に戻すけど、三蔵法師は天竺に行くことになったの。でも、そこまで行く道はとても危険で、妖怪もうようよいる。だから、3人の弟子が三蔵法師についていくのよ。ひとり目は孫悟空っていう猿。ものすごく強いけど、わがままでいたずら好き。ふたり目は豚みたいな姿の猪八戒。大食いでちょっとまぬけで、トラブルメーカーよ。3人目が、沙悟浄。カッパみたいな人だけど、いちばんまともで常識人。」

『西遊記』とは、いわばこの3人の活躍を描いたものなのだと、葵は話した。

「さっきも言ったけど、たくさんの妖怪が三蔵法師をねらってくるの。徳の高いお坊さんって、妖怪にとってはごちそうなんだって。で、そのたびに弟子たちが三蔵法師を助けていくの。3人とも強くて、魔法も使えるから。それに、不思議なアイテムなんかも出てくるし。そういう冒険が、この物語のおもしろさってわけ。」

「へえ。そんな人たちがいたんだ。さっきの本には出てきてなかったね。」

「そう。そこが問題なの。だって、『西遊記』はこの3人がいなきゃだめなのに。

……だから、これはわたしの予想だけど、いなくなった孫悟空たちをさがすのが、わたしたちの役目ってことになるんじゃない？」

葵の言葉に、宗介とひなたは目を丸くした。

「消えたキャラクターたちをさがしだせって？　おれらにできるかなあ。」

「まあ、がんばればなんとかなるんじゃないかな。それにしても、『西遊記』って、けっこうおもしろそう。あたしも読んでおけばよかったなあ。」

ひなたのつぶやきに、宗介が思わずうなずいた時だ。

ぱっと目の前が明るくなった。

３人は光にひるみ、あわてて顔を伏せた。

光の次に感じたのは、土や植物の匂いだった。

ストーリーマスターの相棒を務めたことがある３人は、すぐに悟った。世界が変わったのだ。完全に物語の中に入ったのだ。

顔をあげてみれば、案の定、景色が一変していた。漆黒の空間は消え失せ、３人は深い森の中にいた。

そして、３人とも服装がまったくちがったものになっていた。

宗介は、動きやすそうな赤い着物と白い袴姿だ。腰に虎の毛皮を巻きつけ、頭には金の細い環をはめている。

葵はというと、宗介と同じような格好だが、着物の色は黄色で、頭の環はなし。

手には鉄製のトゲトゲがずらりと並んだ大きなまぐわ（土をかきならす道具）を持っていた。

最後のひなたは、緑色の着物を着て、首からは小さな髑髏を連ねた首飾りをかけていた。手には、三日月のような刃がついた杖を持っている。

自分たちの変化に、宗介とひなたは驚きながらもはしゃいだ声をあげた。

「うわ、何これ！　なんかかっこいい！」

「見て見て、そうたん！　こっちの服もかっこよくない？　こんな大きな首飾りもあるし！　それにほら、あたしの武器もかっこいい！」

「いいなあ。おれも武器、ほしかったなあ。」

宗介がうらやましく思った時だ。葵が悲鳴をあげた。

「うそでしょ！　ひどい！　こんなのってない！」

「あおっち、どうしたの？」

「どうしたもこうしたもないわよ！　なんでわたしが猪八戒なのよ！　大食らいのおばかキャラが、なんでわたし？　ありえない！　せめて沙悟浄がよかったの

に！」

顔を真っ赤にしてわめきたてる葵に、他のふたりはぽかんとした。

「え？　猪八戒って、消えちゃったキャラのひとりだよね？」

「それが葵って、え、どういうことだよ？」

「まだわからないの？」

葵はかみつくように言った。

「わたしたちが孫悟空たちになったのよ！　そうよ！　わたしが間違ってた。孫悟空たちを見つけるのが役目じゃなかったんだわ！　登場人物になりかわるなんて、ふつうじゃありえないのに！　ファンタジーって、これだから嫌い！」

「そうか？　ファンタジーって楽しいと思うぞ？」

「問題はそこじゃないの、宗介！　宗介は孫悟空！　先輩は沙悟浄！　で、こともあろうに、わたしが猪八戒！　それが気に入らないって言ってるの！」

怒りくるっている葵をなんとか落ちつかせようと、ひなたが申し出た。

「じゃ、あたしと交換しよ？　ほら、服と武器を取り替えれば、キャラの役目も交換できるんじゃない？　あたし、猪八戒、とかいうキャラでもかまわないし。」

「ほんとに？　ありがとうございます、先輩！」

「いや、ひなねえって呼んでってば。」

そうして、ひなたと葵は服を交換しようとした。だが、どうしてもだめだった。力いっぱい引っぱっても、服はまったく脱げなかったのだ。

「そ、そんなあ……。」

めずらしく泣きべそをかく葵を、宗介はなぐさめた。

「そう落ちこむなよ、葵。」

「あ、あんたはいいわよ。だって、主人公の孫悟空だもん！」

「あ、おれ、やっぱり主人公なんだ。って、べつによくないよ。主人公なんて、プレッシャーなだけだよ。で、でもさ、これはあくまで時間かせぎってことだろ？　イッテンたちがブックをさがしだすまで、おれたち流に物語を進めればいいってことだろ？　なら、猪八戒がおばかキャラにならなくたって、今はいいじゃんか。」

宗介の言葉に、葵ははっと目を見開いた。

「……そうか。そうよね。わたしは無理におばかにふるまわなくたっていい。いつもどおりでいいってことよ。そうよ。完全に原作通りでなくていい。わたしの服だって、原作では青だけど、今は黄色だし。ひなねえの沙悟浄だって、もともとは黄色の服が緑になっているし。……宗介、ありがと。いいアドバイスだったわ。」

　葵の機嫌がよくなったとわかり、宗介はほっとした。葵は気むずかしいやつだが、頭はいい。それに『西遊記』を知っているのは葵だけだし、しっかりしていてもらわなくては。

　と、ひなたが声をあげた。

「ところで、ここはどこなのかなあ？　あと、三蔵法師って、どこにいるんだろ？」

「そうね。ね、宗介、ちょっとさがしてきてよ。」

「え？　なんでおれ？」

「だって、あんた、孫悟空だもん。孫悟空になったんだから、觔斗雲という雲を呼びだして、それに乗って空を飛べるはずよ。それで三蔵法師をさがしてよ。」

葵に言われ、宗介は目を輝かせた。

「雲に乗って空を飛ぶ？ まじで⁉ やりたいやりたい！ ……でも、その雲、どうやって呼ぶんだ？」

「とりあえず、觔斗雲って、声に出して呼んでみたら？」

「わかった。」

息を吸いこみ、宗介は「觔斗雲！」と、力いっぱい叫んだ。

次の瞬間、金色に輝く雲が、宗介の前に現れた。大きな枕ほどの大きさで、ちょうど乗りやすい高さのところでふわふわと浮かんでいる。

「ほ、ほんとに出てきた！ 葵、おれ、やったよ！」

「うん。それに、これでわかった。わたしたち、それぞれ元のキャラクターたちが持っている能力を使えるってことよ。たぶん、いざとなれば、武器で戦うこともできる。……ま、いいや。宗介。觔斗雲に乗って、そのへんを飛び回ってみて。で、三蔵法師をさがしてみてよ。」

「わかった。」

宗介はどきどきしながら、觔斗雲に乗ってみた。ふわふわとした雲は、見た目どおりやわらかく、だが、芯はしっかりしていて、乗り心地が抜群だった。

それになんというか、生き物のような気配がした。ボールを投げてと、目をきらきらさせながら待っている犬のイメージが頭に浮かんでくる。

そうだ。この雲は宗介の言葉を待っている。これはいける！

「上がれ！」

宗介が命じたとたん、觔斗雲はさああっと上昇しはじめた。

あっという間に地面が遠くなった。生い茂る木々の層を突き抜けてしまえば、葵とひなたの姿ももう見えない。かわりに絶景が現れた。森や大きな川や高い山々が見えた。遠くで金色にぎらついているのは、たぶん砂漠だ。

「す、すげえ。……よし、觔斗雲。もうちょっと下におりて、そのままゆっくり、この森の上を飛び回ってくれないか？」

觔斗雲は宗介の指示どおりに飛びはじめた。

「これ、最高だ！　おれ、ほんと気に入っちゃった！　ん？」

ぴかっと何かが光ったので、宗介はそちらに目をこらした。

見れば、森の中が少しだけ開けていて、そこに白馬が1頭、草をはんでいた。そのそばに、ひとりの若い男がすわっていた。目を閉じ、両手をあわせて、ぴくりともしない。その頭には髪が一本もなく、つるつるぴかぴかだった。

「お坊さん？　ってことは、あれが三蔵法師かな？　よし。とりあえず葵たちに知らせようっと。觔斗雲、葵たちのところに戻ってくれ。」

葵たちのもとに戻った宗介は、自分が見たものをすべて報告した。

報告を聞き終わるなり、葵はきっぱりと言った。

「間違いないわね。その人、三蔵法師よ。さっそく合流しましょう。」

「わかった。こっちだよ。」

3人は森の中を突っ切っていき、三蔵法師のもとに向かった。

わたわたと音を立ててやってきた子どもたちに、三蔵法師は騒ぎも驚きもしなかった。ただ静かに目を開き、こちらを見たのだ。

「わ、すごいイケメン！」

ひなたが思わずつぶやいてしまうほど、三蔵法師はハンサムだった。色白の面立ちに、切れ長の目、すっきりとした鼻すじ。これで髪の毛があったら、東洋系の白馬の王子さまという感じだっただろう。

だが、子どもたちが感心したのも束の間だった。形のいいくちびるを開くなり、三蔵法師は厳しい声を投げつけてきたのだ。

「まったく、そなたたちときたら。そろいもそろって、遅かったではありませんか。それで、斎はいただけたのですか？」

初対面の相手にいきなりしかられ、３人は目を白黒させてしまった。『西遊記』を知らない宗介とひなたは、いそいで葵にすがった。

「おい、どうなってんの？」

「どうして怒られなきゃいけないの？　あおっち、意味わかる？」

「え、えっと……。たぶん、この人にとっては、わたしたちはもう弟子なのよ。で、わたしたちが帰ってくるのが遅かったから、怒ってるんだと思う。」

「それじゃ、斎って何？」

「お坊さんの食べもののこと。肉とか魚とか、お坊さんが食べてはいけないものが入っていない食事のことよ。『西遊記』では、三蔵法師たちは通りすがりの家から、斎をもらってたわ。時には、弟子たちが三蔵法師のために斎をもらいに行くの。」

「なるほど。三蔵法師さんはあたしたちが斎をもらいに行っていたと思ってるんだ。」

「でもさ、おれ、さっき空の上から見たけど、このあたりに家なんてなかったよ。」

ささやきあう3人に、三蔵法師はますますいらだったようだ。

「何をひそひそやっているのです！　師であるわたしを無視するのですか！」

「え、えっと、ご、ごめんなさい、お師匠さま。」

宗介とひなたに拝まれ、しかたなく葵が口を開いた。

「あの、あのですね、このあたりには町も村もまったくなくて、だから斎も手に入らなかったんです。ごめんなさい。」

「これはおかしなことを言う。常日頃、そなたたちは千里の道も一瞬で飛んでみせ

ると、じまんしているではありませんか。それなのに、食べものを手に入れることができなかったとは。さては、どこかで遊んでいたのではありませんか？」

「ち、違います！　ほんとにほんとなんです！」

「そうそう！」

「う、うそなんてついてないですよ！」

口々に言う3人に、三蔵法師は不機嫌そうな顔をしながらもうなずいた。

「まあ、いいでしょう。では、このまま出発です。道すがら、食べられそうな木の実などがあるかもしれません。それに期待しましょう。悟空、馬のくつわを取りなさい。八戒は荷物をたのみます。そして、いつものように悟浄はいちばんうしろで、警戒をしなさい。」

3人は「なんで自分が！」と言いたいのをがまんし、言われたとおりにした。

こうして新しい『西遊記』の旅が始まったのだ。

同じ頃、魔王グライモンの城、暴食城の長い廊下を、天邪鬼のあめのが足をひきずりながら歩いていた。

フランス人形のように愛らしい少女の姿をしているあめのだが、今はひどくぼろぼろだった。あちこちに包帯を巻き、右目にも眼帯を当てている。1歩進むたびに、唇がひきつるのは、痛みをがまんしているからだろう。

だが、それでもあめのは歩きつづけ、廊下の奥にあった大きな扉を開け放った。

そこは非常に大きな寝室で、奥にはばかでかいベッドがあった。ドーナツやクッ

キーなどのお菓子の形をしたクッションを積みかさねたベッドには、魔王グライモンがばったりと倒れていた。あめのに負けないほどずたぼろ状態で、長いしっぽにまで湿布をはりまくっている。

「グライモンさま。」

「うっ……。あめのか。しばらく放っておいてくれと言うたはずじゃぞ。」

　グライモンは苦しそうなうめき声で、あめのの呼びかけに応えた。

「くぅっ！　やはり、せ、世界の図書館の呪いは強烈じゃ。しかも、呉承恩が死にものぐるいで抵抗してきたからの。なんとか『西遊記』のブックを奪い、極上の食材を集めることはできたが、ううっ、こ、これでは食欲もわかん。食事の誘いに来たのなら、あいにくであったな。傷がよくなるまで、寝かせてもらう。」

「いえ、そうじゃないんです。ストーリーマスターたちがおもしろいことをしはじめたようなので、ご報告に来たんです。」

「ストーリーマスターたちが？　……まさか、この暴食城への道を見出したのではあるまいな？」

「そんなことはありえないって、グライモンさまがいちばん知っているじゃありませんか。」

「そうであったな。」

ほっとしたように息をつき、グライモンはずるそうな目をあめのに向けた。

「それで？ やつらのたくらみとは？」

「グライモンさまがすかすかにした西遊記ワールドに、人間の子どもを3人、送りこんだそうです。どうやら、ブックを取り戻すまで、その子たちに『西遊記』を作らせて、時間かせぎをするつもりみたいですよ。」

あめのの言葉に、グライモンは金色の目をきらっと光らせた。

「ほほう。それはなかなかおもしろい。では、その子らに厳しい冒険を味わわせてやろう。うまくすれば、その子どもたちはストーリーマスターたちに愛想づかしするだろう。よくもこんなひどい目にあわせたな、となる。そうなれば、簡単に我が手下にできるであろうよ。」

「ふふふ。わたしもそう思います。じゃ、さっそくブックを使わないと。」

そう言って、あめのは毒のあるまなざしを、グライモンのベッドの端へと向けた。そこには、鎖のついた首輪をつけられた小さな影がうずくまっていた。

「ねえ、守？　やってくれるわよねえ？」

あめのの言葉に、影はびくりとふるえた。

第3章
夢蘭夫人のもてなし
story 3

三蔵法師一行は、その日、夕暮れになるまで森の中を歩きつづけた。途中、川の水でのどをうるおすことはできたが、食べられそうなものは見つからず、夕暮れ時には全員、お腹がぺこぺこになっていた。

だが、子どもたちをいちばん苦しめたのは、三蔵法師その人だった。荷物などはいっさい持たず、白馬に乗ったまま、人にやさしくすることがいかにすばらしいかを長々と語る三蔵法師。かと思えば、手を合わせてお経を唱えだす。道をさがしたり、荷物を運んだり、言うことをきかない馬を押したり引いたりしなければならない宗介たちにとって、三蔵法師の存在は本当にうんざりするものだった。

だから、「今夜はここで野宿しましょう。」と、三蔵法師が言った時は、3人はどさっとその場に足を投げだしてすわりこんだ。

「ああ、もう！　疲れた〜！　わたし、インドア派なのに！」

「体力には自信あったけど、あたしももう無理！」

「おれも！」

だが、三蔵法師はぼやくことすら許してくれなかった。

「ほら、何をくつろいでいるのですか。悟空は食べられそうなものをさがしてきなさい。八戒は馬の世話を、悟浄はたき火のしたくをしなさい。わたしはしばらくお経を唱えて、瞑想していますからね。」

そう言って、三蔵法師は本当に目を閉じ、手を合わせ、お経を唱えだした。

子どもたちはぷんぷん怒りながら顔を見合わせた。

「自分はずっと馬に乗ってたくせに、偉そうだよな！」

「この人、他人にはやさしいかもしれないけど、弟子にはやさしくない！」

「でも、この感じって、どこかで……。そうか。アンデルセンさんタイプだ。」

ひなたがげそっとした顔でつぶやいた。

「ひなねえ、アンデルセンさんタイプって？」

「まったく悪意はないんだけど、言ってることとやってることがちぐはぐな、迷惑な人ってこと。ああ、やだなあ。またこれかあ。」

だが、とりあえず、3人の意見は一致していた。「三蔵法師がお経を唱えている間に、言われたことをすませておいたほうがよさそうだ。」ということだ。

「それじゃ、おれ、ちょっと觔斗雲に乗って、食べものをさがしてくる。」

「お願いね、そうたん。できれば、お肉！　あたし、お肉好き！」

さっそくリクエストするひなたに、葵がぼそりと言った。

「ひなねえ、それはだめだと思う。三蔵法師と弟子たちはみんなお坊さんなの。だから、肉とか魚とかぜったいに食べちゃだめなの。」

「……あたし、この世界嫌い。」

泣きべそをかくひなたに、宗介はちょっと笑ってしまった。

でも、肉はともかく、魚までだめとなると、森でゲットできるのは木の実くらいなのではないだろうか？

責任重大だなと思いながらも、宗介は觔斗雲に飛びのった。だが、雲を飛ばしながら、あちこちに目をこらしても、食べられそうなものは見つからなかった。ぐんぐん暗くなってくるばかりだ。

こりゃだめだと、あきらめかけた時だった。

宗介は小さな声を聞きつけた。

「もし。もし、そこの仙人さま。お助けくだされ。」

声のするほうを見れば、老人が倒れていて、宗介に向かって手を伸ばしていた。

宗介は急いでそちらにおりていった。

「大丈夫ですか？　どうしたんですか？」

「ああ、すみません。じつは、転んだ拍子に、大事な杖をそこの斜面に落としてしまいまして。あれがないと、わしは立つこともできんのです。空を飛べる仙人さま。どうかどうか、わしの杖を拾ってきてくださいませ。」

宗介は気持ちよく引き受けた。

斜面の下に落ちていた長い杖を拾ってきて、老人に渡したところ、老人は別人のようにぱっと跳ね起き、元気なようすでお礼を言ってきた。

「いや、かたじけない。本当に助かりました。お礼に、よいことを教えてさしあげましょう。じきに夜となりますが、月が見えてきたら、それを追うようにして進みなされ。そうすると、森を抜け、大きなお屋敷が見えてきます。きっとそこで、一夜の宿とおいしい食事を得ることができるでしょう。何しろ、そこの女主人は大変やさしい方ですからな。」

そう言い終えたあと、老人の姿はまるで煙のように薄れて、消えていってしまった。夕闇にまぎれたのではない。正真正銘、消えたのだ。

「ゆ、幽霊？　ひゃあああああっ！」

すごくこわくなり、宗介はあわてて觔斗雲に飛びのって、仲間たちのところに逃げ帰った。そうして自分が出くわした老人のことを洗いざらい話したのだ。

ひなたは「幽霊、あたしも見たかったな。」と、のんきなことを言った。

だが、葵は違った。目を輝かせてうなずいたのだ。

「それ、きっと観音菩薩の使いよ。」

「観音菩薩？」

「そう。今思いだしたけど、孫悟空たちが困ったことになるたびに、観音菩薩が助けてくれるの。家来を人間に化けさせて、必要な情報を教えてくれたり、不思議なアイテムを貸してくれたり。で、助けたあとは、家来はいつもすぐに消えてしまうの。宗介が出会ったおじいさんって、まさにそれだと思う。」

「な、なるほど。……それじゃ、おじいさんが教えてくれたとおりにしてみるか？」

「そうね。やってみる価値はあると思う。」

「だね。うまくすれば、ごはんにありつけそうだし。あたし、おなかぺこぺこ。」

３人の意見が一致した時、タイミングよく三蔵法師のお経が終わった。

立ちあがる三蔵法師に、３人はこの先に屋敷があるらしいということを伝えた。

三蔵法師は話を聞いて、おおいによろこんだ。

「おお、それはまさしく観音菩薩さまのお情けでしょう。本当にありがたいことです。では、お言葉どおりに進むとしましょう。」

月がのぼるなり、一行はさっそく歩きだした。

夜の森は真っ暗で、あちこちから不気味な獣の声が聞こえてきた。

だが、だれも泣き言は言わなかった。全員、「早く食事にありつきたい！ ふとんの上で眠りたい！」という一心で、暗闇や獣の声など少しも気にならなかったのだ。

やがて、あれほど果てしないと思っていた森がふいにとぎれた。最後の木立を抜けてしまえば、その先には朱色の屋根を持つ、それは立派な屋敷があった。

「ありがたい。本当に屋敷がありましたね。まずは門を叩き、宿をいただけるか尋ねてみましょう。八戒、この中ではそなたがいちばんのしっかり者。まずはそなたが行って、たのんできなさい。」

いちばんのしっかり者と三蔵法師に言われ、葵はまんざらでもない顔をしながら門の前に立った。

「えっと、あのぅ……す、すみません！ だれかいませんか？ わたしたちは旅人です！ どうか一晩休ませてもらえませんか？」

声をはりあげたところ、ぎぎぎっと、門が開き、ひとりの老婆がぴょこんと顔をのぞかせた。葵はちょっとひるんだ。老婆はカエルみたいな顔をしていたからだ。

と、老婆はにこっと笑い、ていねいな口調で言ってきた。

「まあまあ、こんなへんぴなところにいらっしゃるとは。道中、大変でしたでしょう？　もちろん、お泊めいたしますとも。どうぞお入りくださいませ。」

「ほんとにいいんですか？」

「ええ。この家の主の命令で、旅人は手厚くもてなすことになっております。お見受けするに、あなた方はお坊さままでいらっしゃるようですね？　なれば、お食事も斎にいたしましょう。」

「わあ、ありがとうございます！」

葵は大喜びしながら仲間たちのところに戻った。

「泊めてくれるそうです！　食事も出してくれるそうです！」

「やりぃ！」

「やっとごはん！」

「これ、悟空、悟浄、品のない声をあげるものではありません。では、もてなしをありがたく受けることにしましょう。」

そうして、一行は門をくぐったのだ。

白馬を厩番にわたしたあと、老婆に案内されて、三蔵法師一行は屋敷に入った。

中は外から見るよりも広く、よい香りで満たされていた。そこら中に置かれている置物や敷物も見事なもので、どれ一つとっても目玉が飛び出るほど高価だというのがわかる。

やがて、広々としたすてきな部屋にたどりついた。ふかふかの寝床が4つあり、そうじも行き届いていて、まるで最高級のホテルのようだ。

三蔵法師は老婆に頭をさげた。

「このようなもてなしをしていただき、本当に感謝いたします。ぜひ、ご主人にもお礼を申しあげたいのですが。」

「はいはい。我らの主と共に、ぜひ夕食を召しあがってくださいませ。そのためのおしたくをしてまいりますゆえ、これにて失礼を。また呼びにまいります。」

老婆が出ていったあと、4人はそれぞれくつろぐことにした。くつをぬいだり、荷物を置いたり。

だが、ひなたはふと気づいた。さっきからやけに宗介がおとなしいのだ。よくよく見れば、その顔は青ざめているではないか。

ひなたは思わず声をかけた。

「そうたん、どうしたの？　なんか顔色悪くない？」

「いや……なんか、ここが気持ち悪くて。」

「こんなすごいお屋敷が気持ち悪い？」

「う、うん。自分でも変だと思うんだけど、門をくぐった瞬間から、もう胸がむかむかして、背筋がぞわぞわして……。あとさ、あのおばあさんにも、なんかぞっとしたんだよ。ひなねえは平気だった？」

「うん。全然そういうのないよ。あおっちは？」

「ないわ。……ねえ、ほんとに大丈夫、宗介？」

「う、うん。おれ、ちょっと疲れてるのかな？」

青い顔でうなだれる宗介に、葵もひなたも心配になった。

「ちょっと。あんたは仮にも主人公の孫悟空なんだから、しっかりしてよね！」

「きっとお腹がすきすぎて、気持ち悪くなっちゃったんだね、そうたん。ごはんを食べれば、元気になるって。少なくとも、あたしはいつもそうだもん。」

「……うん。」

うなずきかえしたものの、宗介は元気になる自信がなかった。そもそも、こんな気持ち悪さをかかえたまま、食事がのどを通るだろうか。

と、ここで先ほどの老婆が戻ってきた。

「お食事の用意ができました。どうぞ、こちらにおいでくださいませ。」

そうして三蔵法師と子どもたちは別の大きな広間へと案内された。

そこには、ごちそうが山のように用意されていた。どれも肉や魚が使われていない料理だったが、品数は豊富で、しかもよだれの出そうなほどいい匂いがする。肉好きのひなたでさえ、このごちそうには文句のつけようがなかった。

だが、宗介はごちそうなど目に入らなかった。広間に足を踏み入れたとたん、ひどい悪寒に襲われたのだ。まるでインフルエンザにかかった時みたいに、強烈な寒気がした。目には見えないが、アメーバみたいなものが体中にはりつき、こちらを溶かしにかかっているような気がする。

いったい、どこからこの気味悪い気配はやってきているのだと、宗介はふるえながら目を動かした。

そうして、上座に女の人がいることに気づいた。

中年の、だがとても美しい人だった。繊細な顔立ちは、まるで象牙細工のよう。ほっそりとした体を優雅な衣で包んだ姿は、さながら天女を思わせる。

だが、その人を見たとたん、宗介は髪の毛が一本残らず逆立った。女の人の全身から、どろどろとした冷たい気配があふれでているのを感じたのだ。

だが、三蔵法師はまったくそれに気づかないようだ。葵やひなたにいたっては、目がごちそうに釘付けになっている。

どうしようと、宗介があせっている間に、三蔵法師は笑顔で女の人に近づいていき、深く頭を下げた。

「ご夫人、おもてなし、まことにありがとうございます。わたしは唐の国の僧で、

三蔵と申します。この３人は拙僧の弟子で、悟空、八戒、悟浄と申します。」

「これはこれは、ごていねいに。」

女の人は優雅なしぐさでおじぎを返してきた。

「わたくしはこの地を治める領主で、夢蘭と申します。ここは森や山に囲まれ、旅人が通ることも珍しい土地。どうぞ何日でもゆっくり留まってくださいな。」

「いえ、一晩休ませていただければ、それで十分です。」

「まあ、それはさびしいこと。……ならば、お坊さま、ぜひあなたのお国のこと、そして仏教について、わたくしに教えてくださいませんか？　わたくしは学問には縁がなかったので、ありがたい御仏の話を聞きたいのでございます。」

「おお、喜んでお話しいたしましょう！」

「では、どうぞこちらに。わたくしの隣におすわりになって。そこでなら、食事をしながら、お話ができますわ。」

差しだされた白い手を、三蔵法師は取ろうとした。

その瞬間、宗介は体中の血がかっと燃えあがるのを感じた。

三蔵法師が危ない！　守らなくては！　助けなくては！

宗介は夢中で前に飛びだし、三蔵法師と夢蘭夫人の間に割って入った。

「だめです、お師匠さま！　このおばさん、やばいです！　ぜったい、ふつうじゃない！」

「ご、悟空！　何を言うのです！」

「ほんとですよ！　ほら、見てわからないんですか？　すごくいやな気配がするでしょ？　人間じゃないと思います！」

ひどいと、夢蘭夫人が弱々しく声をあげた。

「人間じゃない？　ああ、まさかそんなひどいことを言われてしまうとは。いくら田舎くさい女だからといって、あんまりです。」

夢蘭夫人はさめざめと泣きだした。

三蔵法師が宗介を振り返った。その目はつりあがっていた。

「悟空！　そなた、よくもこんな無礼を！　許しませんよ！」

そう叫び、三蔵法師は両手を合わせ、何やら不思議な言葉を唱えだした。

とたん、宗介は頭が割れんばかりの激痛に襲われた。硬く、細いものが頭をごりごりと締めつけてくる。

痛い痛い痛い！　痛すぎて、もう声をあげることもできない！

宗介は床の上を転がりまわったあげく、ふっと意識を失ってしまった。

我に返った時、宗介は藁山の上に横たわっていた。

「う、ううっ……。」

「あ、宗介？　気がついた？」

「そうたん、大丈夫？」

葵とひなたが飛びついてきた。宗介はぼんやりとふたりを見返した。

「……ここ、どこ？」

「厩よ。それより頭はどう？　もう痛くない？」

「頭……あっ！」

あの強烈な痛みを思いだし、宗介はぶるっと身震いした。

「あ、あれはいったい、な、なんだったんだ！」

ぞっとしている宗介に、葵が言った。

「えっと、説明するのが遅くなっちゃったんだけど、その頭の環って、特別なものなんだよね。三蔵法師が呪文を唱えると、頭を締めあげてくるの。」

「なんだよ、それ！　拷問道具じゃん！」

かっこいい飾りだと思っていたものが、まさかの拷問道具だったとは！

宗介はあわてて環を取ろうとしたが、まるで接着剤でくっつけたかのように、びくともしなかった。

環をつかんでうんうんうなる宗介に、葵が笑った。

「無理無理。経典を持って帰るまで、取れないようになっているんだから。原作では、孫悟空が言うことを聞かないたびに、三蔵法師は呪文を唱えるの。で、言いなりにするのよ。」

「そりゃ、あんな痛けりゃ、だれだって言いなりになるよ。だいたい、お坊さんがそんなひどいことしていいのか！」

憤慨しながら、宗介は周りを見回した。葵が言ったとおり、たしかにここは白馬を預けた厩のようだ。なぜここにいるんだと首をかしげる宗介に、葵は肩をすくめた。

「一応、わたしとひなねえで、あんたのことをかばったのよ。孫悟空は敏感だから、いやな気配というのもうそじゃないかもしれませんよ、って。で、わたしたちまで三蔵法師のお怒りを買って、3人まとめて厩に追いやられたってわけ。」

「おかげで、ごはんを食べ損なっちゃった。まあ、あのおばあさんがスープを持ってきてくれたんだけどね。そうたんも、もう痛みがないなら、スープ飲まない？　これはこれでおいしいよ？」

ひなたが差しだしてきたお椀を、宗介はすなおに受けとった。

ひなたの言うとおり、白菜と小さな餅が入ったスープは、こくがあっておいしかった。

胃袋に流しこむような勢いでスープを食べる宗介に、葵は尋ねた。

「ね、あの女の人からほんとにいやな気配がしたの？」

「うん。あんなの、感じたこともないよ。葵は感じなかったのか？」

「まったく感じなかったわ。ひなねえは？」

「うーん。あたしは正直、ごちそうしか見てなかったから。……ねえ、あおっち。夢蘭って名前の人、原作の『西遊記』に出てくるの？」

「えっと……ううん。出てこないと思う。でも……今回と似たような展開はあるわ。親切にもてなしてくれる人が、じつは白骨夫人っていう悪い妖怪で、三蔵法師をねらっているってエピソード。孫悟空だけがその正体に気づいて、三蔵法師を守ろうとするんだけど、三蔵法師は孫悟空が言いがかりをつけているって思って、しかったり、呪文を唱えたりする……。」

3人は顔を見合わせた。青ざめながら、宗介がかすれた声でささやいた。

「たぶん、それだよ。そのパターンだ。」

「なんか、わたしもそんな気がしてきた。てなると、やだ！　三蔵法師が危ないってことじゃない！」

「葵、三蔵法師は？　今、どこなんだ？」

「夢蘭と一緒よ！　ふたりきりで食事をするって言っていたもの！」

それっと、３人は厩を飛びだした。だが、廊下でカエル顔の老婆に通せんぼうをされてしまった。

老婆の顔からは親切そうなほほえみが消えていた。冷え冷えとした目つきでこちらを睨み、しかも手に大きな包丁を持った姿に、子どもたちはふるえあがった。

「どちらに行きなさる？　今、奥さまはあのきれいなお坊さまを大事に食らおうとしているところ。その楽しみを奪うのは、この婆が許しませんぞえ。」

「く、食らう？」

「やっぱり妖怪だったんだな！」

「まずい！　三蔵法師を食べられちゃったら、『西遊記』はおしまいよ！」

あわてふためく３人に、老婆はにまっと笑った。

「そうそう。奥さまは、おまえさんたちのほうはわしの好きにしてよいとおっしゃったのじゃ。ふむ。あまり肉はついていなそうだし、煮込みにでもしてやる

か。どれ、まずはそこの口が立つ子の足をもらうとしよう。」

そう言うなり、びょんと、老婆はとんでもないジャンプを繰りだした。一気に間合いをつめ、葵の足目がけて包丁を振り下ろしたのだ。

現実世界の葵であれば、ぜったいに避けられなかっただろう。宗介にしろ、ひなたにしろ、あわてるばかりで、止めることもかなわなかったはずだ。

だが、葵の足は奪われなかった。そうなる前に、葵は見事なキックで包丁をはじきとばし、さらに持っていたまぐわをえいやっと振るったのだ。

風のように繰りだされた一撃を額に食らい、老婆は「げえええっ！」と、しわがれた悲鳴をあげて、うしろに吹っ飛んでいった。

宗介は急いで老婆のところに駆けよった。起きあがってこないよう、押さえつけようと思ったのだ。

だが、その必要はなかった。老婆は白目をむき、完全に気を失っていたのだ。

「すげえ。気絶してるよ！　やったな、葵！」

「強いんだね、あおっち。じつは剣道とかやってるの？」

「ち、違う。今のはわたしじゃない。」

ぜえぜえと息をつきながら、葵はこたえた。

「勝手に体が動いたの。じ、自分でも信じられない。わたし、運動音痴なのに。」

「ってことは……。」

「猪八戒になっているからだわ。だから、この武器も使える。宗介が觔斗雲を呼べるのと同じね。たぶん、宗介やひなねえも、いざとなったら戦えるはずよ。」

それはおおいに心強いと、宗介とひなたはうなずいた。何しろ、妖怪が登場する物語の中にいるのだ。戦えるということは大きな意味を持つ。

「それじゃ、これで少し安心ね。」

「でも、早く三蔵法師を助けないと。手遅れになったら、それこそ大変。」

「だな。あの夢蘭ってやつは……うん、たぶん、こっちだ！」

「あ、そうたん！　待って！」

「ちょっと待ってよ、宗介！」

だが、宗介は足を止めなかった。

ぐずぐずしていたら、三蔵法師が死んでしまうかもしれない。そのことがすごくこわい。金の環で痛めつけられたことは、まだ許せないが、それでも三蔵法師を救わなくてはという気持ちが体を動かすのだ。

これはきっと、孫悟空としての気持ちであり設定なんだと、心の中で思いながら、宗介は飛ぶように走っていった。屋敷は広かったが、迷うことはなかった。あの気持ちの悪い気配が、煙のように奥からただよってきていたからだ。

そうしてたどりついた先は、大きな中庭だった。そこには丸い池があり、そのほとりに夢蘭夫人が立っていた。腕にぐったりとした三蔵法師を抱きかかえ、ほほえんでいる。なんとも人間離れした、冷酷な笑みだ。

やっぱり妖怪だったんだと、ぞっとしながらも、宗介は相手を睨みつけた。

一方、夢蘭夫人は宗介を見るなり、うっとうしそうに目を細めた。

「まったく。蝦蟇は足止めすらできなかったようね。役立たずな老いぼれだこと。」

「お師匠さまを返せ！　お師匠さまなんか食べたって、う、うまくなんてないぞ！」

「食べる？　そんなもったいないことはしないわ。この美しいお坊さまにはずっと夢を見ていただくの。夢の中で、この方は自分の願いをかなえ、幸せを存分に味わう。そして、それをわたくしはすする。どんなものよりも、その夢は甘くおいしいことでしょう。……だれにも邪魔はさせない！」

そう言って、夢蘭夫人は三蔵法師を抱いたまま、ばっと身を躍らせ、池の中に飛びこんでいったのだ。

激しい水しぶきがあがり、宗介はびしょぬれになってしまった。

と、葵とひなたが追いついてきた。

「宗介！」

「葵！　ひなねえ！　あ、あいつ、三蔵法師を連れて、み、水の中に飛びこんだ！

どうしよう！　自殺するなんて思わなかったから、と、止められなくて！」

青くなっている宗介に、葵はぴしゃりと言った。

「獲物を手に入れた妖怪が、身投げなんかするもんですか。きっと水系の妖怪で、この池が本当の住みかなのよ。……ひなねえ。沙悟浄は水に強いって設定なの。ちょっと池に顔をつっこんで、ようすをうかがってくれない？」

「……いくら設定がそうだからって、い、いやなこと頼んでくるねえ。」

泣きべそをかきつつ、ひなたは言われたとおりに池のふちに腹ばいになり、顔を水につけた。いざという時に助けられるよう、葵と宗介はうしろで身構えていた。

ずいぶん長いこと顔をつけていたひなただったが、ようやく顔をあげた。目がきらきらしていた。

「すごいよ！　水中メガネをつけているみたいに、はっきり水の中が見えた。それに息も全然苦しくならないの！　もしかしたら10分くらい潜っていられるかも！」

「ひなねえ、そんなことより三蔵法師は？」

「あ、ああ、そうだね。いたよ。あおっちの言っていたとおり、この池が夢蘭の巣っていうのは間違いなさそう。底のほうに銀色の糸でできた蜘蛛の巣があって、真ん中にテントくらいもある大きな泡があったよ。」

「泡……。」

「うん。で、ふたりはその中にいる。……夢蘭は、腰から下が大きな蜘蛛になってた。で、蜘蛛の足で三蔵法師をぎゅっと抱きしめていたよ。かなりグロかった。」

ひなたの報告に、宗介はげっとなった。正直、蜘蛛は苦手なのだ。

一方、葵は真剣な表情で考えつづけた。

「泡の中の蜘蛛……。きっと水蜘蛛なんだ。だとしたら、水中で戦っても勝ち目はないかも。なんとかして池の外に引きずりださないと。」

「言っとくけど、あたし、おとりはやらないよ。ぜったいにそれだけはやだから。」

「あ、おれも！　おれもやだ！」

叫ぶふたりに、葵は目をつりあげた。

「ちょっと！　人がいっしょうけんめい考えているのに、ぎゃあぎゃあ騒がないで！　そんなやだやだ言うなら、夢蘭を水底から引っぱりあげる方法を考えたらど

うなの？」

「そら、そうやってすぐに上から目線でさ！　葵って頭いいけど、そういうとこが嫌われるんだよ！」

「うるさいわね！　単細胞の宗介に言われたくない！」

「だれが単細胞だよ！」

あやうくケンカになりかけたが、さっとひなたがふたりの間に割って入った。

「だめだよ。ケンカしてるひまなんてないんだから。それにさ、夢蘭を引っぱりあげる方法、あたし、知ってるかも。」

「えっ？」

「まじで？」

「うん。テレビで見たんだ。グラスの底に落ちた指輪をどうやって取るかってやつ。棒をつっこんで、ぐるぐるかきまぜるの。そうすると、勢いで渦ができて、指輪が水面まで上がってきてた。それと同じことをしたらどうかな？」

「この池をかきまぜて、渦を生みだす……。」

そんなことできっこないと、葵は冷静につっこんだ。

「そのためには相当長い棒が必要だし、水をかきまぜるにしても、ものすごい力がいるもの。物語の中にいるからって、そんなの、ありえなすぎる。」

「そうかなあ。いいアイディアだと思ったんだけどなあ。」

悲しげな顔をするひなたを、宗介があわててなぐさめた。

「いやいや、アイディアが出るだけすごいよ、ひなねえ。それに、『西遊記』はファンタジーなんだから、そういうおもしろいアイディアのほうが合ってるよ。」

宗介の言葉に、葵ははっとした。

「ファンタジー……。そうよね。わたしたち、今は『西遊記』の中にいるんだもの。現実世界でできないことも、今のわたしたちなら……孫悟空ならできるはず。」

葵に目を向けられ、宗介はひるんだ。

「な、なんだよ。おれに何をやらせようってんだよ？」

「ひなねえのアイディアをやってもらうわ。」

「いや、それ、無理……。」

「できるわよ！」

葵は力をこめて言った。

「わたしたちは今、物語のキャラクターなんだよ？　運動音痴のわたしだって戦えるくらいなんだから。そして、孫悟空役のあんたは力が強い。それに、如意棒だってあるしね。」

「如意棒？　何それ？」

きょとんとする宗介に、葵はしまったという顔をした。

「ごめん。説明するのを忘れてた。如意棒ってのは、孫悟空の武器よ。どんな長さにも伸び縮みできて、ぜったいに折れたりしない魔法の棒なの。」

「そんなの、おれ、持ってないけど。」

「ちょっと耳の中を調べてみてよ。孫悟空はいつも耳の中に、小さくした如意棒をしまっているの。」

そんなものあるわけないと思いつつ、宗介は耳の中に指を入れてみた。と、右側の穴の奥に、小さなものがあるのがわかった。

あわてて引っぱりだしてみたところ、縫い針のように細く短い鉄の棒が出てきた。じんわりと、内側から金色の光を放っている。

「まじか！　ほんとに出てきた！」

「ほら、言ったでしょ？　これ、觔斗雲と同じで、あんたが望むままに伸び縮みするはずだから。觔斗雲に乗って、池の上に出て。で、如意棒をうんと長く伸ばして、池をかきまぜてみてよ。」

「わ、わかった。やってみる。」

宗介は觔斗雲を呼びだし、池の真上に向かった。そうして見下ろしたところ、池

がそうとう深いというのがわかった。水は青黒く、まったく底が見えない。

だが、底には三蔵法師が囚われているのだ。

お助けしなくては!

孫悟空としての気持ちが、ふたたび宗介を駆り立てた。宗介は手に持っていた如意棒に命じた。

「伸びろ、如意棒!」

たちまちのうちに、如意棒はぐんと伸びた。ぎゅんっと、池に向かって伸び進み、やがて、がちんという手応えが宗介に伝わってきた。底についたのだろう。

いよいよだと、宗介は如意棒を握りなおした。長く伸びただけでなく、太さもほうきの柄ほどになっており、しっくりと手になじんでくる。

これがあればなんでもできる。どんなこともやりとげられる。

そんな気持ちになり、宗介は如意棒を動かしだした。ケーキ職人が生クリームをかきまぜるような勢いで、力いっぱい如意棒を振り回す。

するとたちまち池があわだちだした。

うまくいっている。だが、まだだ。まだ足りない。

宗介は如意棒をにぎったまま、觔斗雲でぐるぐると回りはじめた。そうすると、ますます勢いがつき、池の水がかきまぜられていった。

やがて、黒ずんだ水を通して、何か白いものが底から浮かびあがってきた。目を皿のようにこらしていた葵とひなたは、「あれだ！」と、すぐさま動いた。

葵のまぐわを使って、白いものを引っかけてたぐり寄せてみれば、はたして三蔵法師であった。

だが、ふたりが水から三蔵法師を引きあげた直後、すごい顔をした夢蘭夫人が池から飛びだしてきた。ひなたが言っていたとおり、腰から下が巨大な蜘蛛と化していて、見るも恐ろしい姿だ。

「きゃあああっ！」

「やだあああっ！」

「返せ！　わたくしの獲物を返せ！」

悲鳴をあげる葵たちに、夢蘭夫人は襲いかかろうとしてきた。

この時、宗介が觔斗雲を使って、下降してきた。

「おりゃあっ！」

気合声をあげ、宗介は夢蘭夫人を如意棒でなぐりつけた。ぐしゃりと、蜘蛛の足が2本、つぶれた。

いける！　やっつけられる！

宗介はとどめをさしてやろうと、もう一度如意棒を大きく振りかぶった。だが、振り下ろす前に、ふわっと、虹色の光があふれ、宗介の目を眩ませた。

「そこまでです。」

やわらかな声がした。

見れば、とても美しい人が宗介と夢蘭夫人の間に立っていた。虹色の雲に乗り、白絹の衣をひらひらとなびかせ、やさしくあたたかい表情を浮かべているその人は、あきらかに人間ではなかった。

宗介は無意識のまま膝をついていた。葵やひなたもだ。そうせずにはいられなかったのだ。

一方、夢蘭夫人はあわてふためいていた。

「ひいいいっ！」

必死で逃げようとする夢蘭夫人に、美しい人は呼びかけた。

「戻っておいで、かわいい水蜘蛛。」

そうして差しのべられた手に、夢蘭夫人はすいっと引き寄せられた。次の瞬間、夢蘭夫人の姿は消え、かわりに、小さな銀の蜘蛛が、美しい人の手に乗っていた。

蜘蛛を指先でそっとなでたあと、美しい人は宗介たちにほほえんだ。

「この水蜘蛛は、元々わたしの蓮池の守り手だったのですよ。が、わたしの目を盗んで人間界に逃げだし、悪さを働いていたようです。ようやく居場所がわかったので、ちょうど近くにいたそなたたちを向かわせることにしたのです。よくやってくれましたね、三蔵法師の弟子たちよ。」

その言葉に、葵ははっとした。相手の正体がわかった気がしたのだ。

「もしかして、観音菩薩さま、ですか？」

「はい。」

うなずく観音菩薩に、今度は宗介が目を丸くした。

「え、待って。おれが会ったおじいさんは観音菩薩さまの使いで……えっ？　夢蘭が三蔵法師をねらうって、わかっていたんですよね？　なのに、わざと妖怪の巣に行かせるなんて、ひどいじゃないですか！」

「そうしないと、試練になりませんから。三蔵法師はうんと苦しい思いをして、天竺にたどりつかなければならないのです。」

悪びれないようすの観音菩薩に、宗介はもっと文句を言ってやろうとした。

だが、葵があきらめきった顔をしながら宗介を止めた。

「あきらめて、宗介。原作でもけっこうあるパターンなのよ、これ。」

「だけどさ！」

「まあまあ、そうたん。とりあえず三蔵法師は無事だったし、あたしたちもちょっとはごはんにありつけたし、結果オーライってことにしない？」

「ひなねえの言うとおりよ。とりあえず三蔵法師を守れたんだから。これで物語をつづけていける。今はそれでオッケーにしよう。ね？」

「ううっ！」

納得いかないと思いつつ、宗介はなんとか文句をのみこんだ。

と、観音菩薩がまたほほえんだ。

「とはいえ、そなたたちはよくがんばりました。褒美をあげましょう。」

そう言って、観音菩薩は手にのせた水蜘蛛の背中を軽く指先でつついた。水蜘蛛はすぐさま3粒の泡を吐きだした。

泡はすべるように、子どもたちの前に飛んできた。どんぐりくらいの大きさで、見た目はシャボン玉そっくりだ。が、非常に弾力があり、つまんでも割れない。

泡を受けとる子どもたちに、観音菩薩は言った。

「これは泡枕。水を1滴振りかければ、大きくふくらみ、心地よい枕となります。これを使えば、どんなに寝心地の悪い場所でも、よく眠れることでしょう。さあ、旅はまだまだつづきます。気をつけてお行きなさい。」

その言葉を最後に、観音菩薩はさっと姿を消した。

残された子どもたちは顔を見合わせた。

「枕かあ。うーん。できれば、もっと役立つものがよかったなあ。好きなだけごちそうが出てくる袋とか、姿が見えなくなるマントとか。」

「そうね。それに……夢蘭が吐きだした泡って、なんか使う気になれない。」

「おれも同感。」

だが、もらったものを捨てていくわけにもいかない。3人は荷物の奥に泡枕を押しこみ、忘れてしまうことにした。

「それじゃ……これからどうする？」

「とりあえず、屋敷の中に戻って、食べものを集めない？　これからの旅に必要になると思うから。で、一眠りして、朝になったら出発すればいいんじゃない？」

「ひなねえ、ナイスアイディア！」

「そうね。わたしも賛成。三蔵法師はどうする？」

「起きるとうるさいから、このまま寝かしておこうぜ。」

「そうだね。じゃ、このままにしておこ。」

それぞれ性格がまったく違う3人だったが、三蔵法師に関しては、いつも意見がぴたりと合うのであった。

ブックをのぞきこむようにして読んでいた魔王グライモンと天邪鬼あめのは、ふっと息をついた。

「ふむ。こうなったか。」

「まだ旅をつづけるつもりですよ。なかなかしぶとそうですね、グライモンさま。」

「そうじゃな。だが、これからだ。守よ、なかなかの攻撃であったぞよ。しかも、わざわざ夢蘭夫人というオリジナルの敵キャラを作りだすとは。さすが予が見こんだ子じゃ。この調子で、どんどん敵キャラなり試練なりをブックに書きこむのじゃ。」

「そうよ、守。やらなかったら、どうなるかわかってるわよね?」

グライモンの命令とあめのの脅しを受けて、守はうつむきながら「はい。」と小さく答えた。今はそうするしかないとわかっていた。自分は魔王の城に囚われ、鎖につながれてしまっているのだから。

だが、それでもまだできることはある。
『まだ希望はある。』
守は心の中で小さくつぶやいた。

第4章
獏太子との戦い
story 4

翌朝早く、三蔵法師一行は天竺に向けて出発した。

宗介たちはご機嫌だった。夢蘭夫人の屋敷の台所には米や麦、果物の蜜漬けや砂糖菓子などがたくさんあり、それらを持てるだけ持っていくことにしたのだ。これでしばらくは食事に困ることはないだろう。

それに、三蔵法師がしょんぼりとしていることもありがたかった。

目を覚まし、夢蘭夫人が水蜘蛛の化け物だったと聞いて、三蔵法師はすっかり落ちこんでしまったのだ。「わたしはなんと愚かであったことか。すまなかった、悟空。これからはそなたの忠告を聞くようにしますよ。」と、何度も言った。

これで呪文を唱えることはなくなるだろうと、宗介は一安心したのだが……。

反省していたのは数時間で、お昼頃にはいつもの三蔵法師に戻っていた。偉そうにお説教ばかりして、自分では何もやろうとしない。

「ほんと調子のいい人だよな！　今度何かあったら、見捨ててやりたいよ！」

ぎりぎりと歯ぎしりする宗介を、葵がなだめた。

「気持ちはわかるけど、落ちついて。それに、食料が手に入ったのも、あんたが如意棒を使えることがわかったのも、三蔵法師が夢蘭にだまされてくれたおかげなんだから。そう考えれば、ちょっと気が楽になるでしょ？」

「ま、まあ、たしかに。」

宗介は認めた。如意棒のことはすっかり気に入っていた。あれからずっと手に持っていて、小さくしたり長く伸ばしてみたりと、ひまさえあれば遊んでいる。

一度、どのくらい大きくなるのか試したところ、一瞬にしてタワーマンションのようなサイズとなった。しかも、さらに大きくなるようすを見せたので、あわてて元に戻し、それからはもっぱら振り回すのを楽しんでいる。

「如意棒のことはほんとよかったよ。……それにしても、『西遊記』ってすごい

な。」

　觔斗雲にしろ如意棒にしろ、原作に出てくるアイテムだ。葵によると、『西遊記』には、こういうおもしろいアイディアがいっぱいつまっているのだという。

　ブックを取り戻し、物語を修復したら、ぜひともちゃんと読んでみたい。

　そう思ったところで、ブックと共にさらわれた少年のことが頭に浮かんだ。

「…………」

　ふいにおとなしくなった宗介に、ひなたが首をかしげた。

「そうたん、どうしたの？」

「いや、ちょっと心配になって……。守って子、無事かな？　ひどい目にあわされていないかな？」

　しんと、沈黙が広がった。

　葵もひなたも、グライモンのことを思い浮かべた。

　すべてを飲みこむような大きな口。長い尾に長い爪。そしてものほしげにぎらついた金色の目。

ぞわぞわと、鳥肌が立ってきた体を抱きしめながら、ひなたはぼそりと言った。

「それに、グライモンにはあめのもいるからね。」

「あめの？」

「グライモンの相棒で、天邪鬼っていう妖怪。人の心の弱いところを、ぐさって、刺してくるような、すごくやばくてこわいやつなの。」

あんなやつらに捕らえられて、はたして守は無事でいられるだろうか？

前向きなひなたですら、なんだか絶望的な気分になってきた。

だが、意外にもいちばん現実的な葵が、「大丈夫だと思う。」と言ったのだ。

「きっと大丈夫。だって、グライモンが守をさらったのは、ブックを書き換えさせるためなんでしょ？　貴重な人材ってことで、グライモンも守を大事にするはずよ。」

「そ、そうか。そうだよな。」

「まあ、そのぶん、わたしたちは大変だけどね。守が原作を壊したから、今の『西遊記』って、ほんと予測不可能よ。夢蘭なんていう原作にはいない妖怪も出てきた

し。あと、この白馬だってそうよ。」

ぎろっと、葵は三蔵法師が乗っている白馬を睨んだ。

「ほんとは白龍の化身のはずなのに、ただの馬になっちゃってる。ぜんぜん言うこと聞かなくて、やになる！　白龍だったら、ちゃんと歩いてくれたはずなのに。」

ぶつくさ言う葵に、ひなたがしみじみとした口調でつぶやいた。

「……とにかく、早くイッテンたちが守を助けだしてくれるといいよね。そうすれば、ブックも取り返せるだろうし、全部解決できるってことだもん。」

葵と宗介がこくりとうなずいた時だ。ふいに、三蔵法師が「しっ！」と、声をひそめて言った。

「静かに！　ああ、ほら、聞こえませんか？　泣いている声がする。」

三蔵法師の言うとおり、子どもの泣き声がかすかに聞こえはじめていた。

一行は急いで声のするほうに向かった。すると、大きな木の下で子どもが泣いているのを見つけた。3歳くらいで、赤い服を着てかわいらしい姿だが、おでこに大きなこぶがあり、見るからに痛そうだ。

三蔵法師が早口で言った。

「かわいそうに。きっと木から落ちたのですね。さあ、八戒。悟浄でもかまいません。早く抱きあげて、手当てをしてやりなさい。」

「は、はい！」

葵とひなたは子どものもとに飛んでいこうとした。

だが、宗介がふたりの手をつかんで、力いっぱい引き止めた。

「痛っ！」

「そうたん！　急に引っぱったら痛いって！　……え、どうしたの？」

「だめだ。行ったらだめだ。」

青い顔をしながら、宗介は押し殺した声でささやいた。

「あいつ、人間じゃない。夢蘭と同じだ。同じようないやな気配がするんだ。きっと妖怪だよ。」

葵とひなたはその言葉を信じた。

だが、三蔵法師は違った。少しためらったものの、きっぱりと言ったのだ。

「人間ではないにしろ、あのように泣いているものを放っていくなど、わたしにはできません。そなたたちがやらないなら、わたしが抱いて、馬で運んでやりましょう。」

「お師匠さま！　それだめです！」

「やめたほうがいいですよ！」

「ええい、放しなさい！　邪魔は許しません！　それに、こちらが親切にしてあげれば、妖怪とて悪いふるまいはしないはずです。」

「いや、妖怪にそういう考え方は通じないと思いますって！」

子どもたちが必死で止めるのを振り切り、三蔵法師はさっと馬から下りて、子どもに近づいた。

「坊や。大丈夫ですか？」

「い、痛い。痛いよぉ。木から落ちて、足も痛くて立てないよぉ！」

「かわいそうに。さ、おいで。わたしがだっこして、馬に乗せてあげますよ。家はどこです？　送っていってあげますからね。」

やさしく言いながら、三蔵法師は子どもを抱いて、ふたたび白馬にまたがった。

とたん、泣いていた子どもが顔をあげ、にやっと凶悪な笑みを浮かべたのだ。

「ありがとよ。それじゃ、家まで来てくれよ。」

しわがれた声で言い放った子ども。その体から、ぶわっと黒い煙があふれだした。それは白馬ごと三蔵法師を包みこみ、そのまま、さああっと風のようにどこかに飛び去っていったのだった。

残された子どもたちは、いっせいにため息をついた。

「だから、やめとけって言ったのに……。」

「……原作でもこういうエピソードあったわ。孫悟空が止めるのに、三蔵法師は全然言うことを聞かなくて、結局、妖怪にさらわれちゃうの。」

「ほんとこりない人って感じだよね。……で、どうする？」

「どうもこうも……。三蔵法師を取り戻すしかないわ。近くに魔物の巣があるはずよ。宗介、さがしてきて。妖怪探知機のあんたなら、簡単なはずよ。」

「へいへい。」

宗介は觔斗雲で空に上がり、5分もしないうちに葵たちのところに戻った。

「それらしいのがあったぞ。この先の谷底に洞窟があって、でも、入り口は鉄製の扉でふさがれてた。」

「きっとそれね。行ってみよう。」

3人は急いで谷底に向かった。

宗介が言ったとおり、谷底の岩壁には大きな洞窟があった。が、巨大な鉄の扉で閉ざされ、中に入れないようになっている。洞窟の上には、「獏睡洞」という文字が彫りこまれていた。

近くの茂みに身を隠しながら、3人は洞窟をうかがった。静かで、扉が開くようすもない。だが、ここがさっきの妖怪の住まいだと、宗介はきっぱり言った。

「気配がまじでやばいよ。うぷっ！　吐きそうなくらい強い！」

「なら……中にいる妖怪はひとりじゃないかも。」

「三蔵法師さん、大丈夫かなあ？　今頃、頭からかじられていたりして……。」

「それはないと思う。だって、妖怪にとって、三蔵法師はすごいごちそうなんだも

の。ちゃんと手間暇かけて調理して、手の込んだお料理にするはずよ。」

「……それはそれでやな感じだけど、じゃあ、少しは余裕があるってことだね。」

「まあ、でも、できるだけ早く助けないと。……たぶん、あの扉はわたしたちが武器でなぐっても、壊れないでしょうね。それに、まずは中のようすを知っておかないと。ってことで、宗介、ちょっと偵察してきて。」

葵に言われ、宗介はげっとなった。

「またおれえ？」

「そうよ。今のあんたなら、体をハエみたいに小さくできるはず。扉の鍵穴から中に入ればいい。」

「それも孫悟空の能力ってわけか。……なあ、孫悟空の情報で他に言い忘れていることは？　後出ししないで、全部前もって教えてくれよ。」

「べ、別に後出ししてるわけじゃないけど。……そうね。あと、孫悟空がよく使うのが、変身と分身の術よ。変身は自分の思ったものに化けられる術。分身のほうは、自分の毛を引き抜いて、小猿に変えて、いろんなことをさせるの。」

「へえ、便利そうだ。けど、頭がはげたりしない？」

「いやなら、やらなければいいだけよ。ほら、行ってきて。願えば、小さくなれるはずよ。物語の世界では、想像力が何よりも力になる。前にイッテンがそう言っていたもの。」

「想像力……。」

「ちなみに、わたしは分析と推理と計算は得意だけど、想像力は貧弱だから、そこんとこよろしく。」

胸をはって言う葵にあきれながら、宗介は目をつぶり、願ってみた。

「小さく。小さくなれ。ハエくらいのサイズになれ。」

念じることしばし。「おおおおっ！」と、ひなたの感心したような声が聞こえた。

目を開けた宗介は、あんぐり口を開けてしまった。葵とひなたが、山のように大きくなって、こちらを見下ろしていたのだ。

すぐに自分が小さくなったのだとはわかったが、こうなると、世界がまるで違って見える。すべてのものが大きく、圧倒的で、まるで巨人の世界に迷いこんでし

まったみたいだ。

「やったね、宗介！　成功だよ、そうたん！」

「うん、うん！　……想像力って、まじですごいな。」

つぶやきながらも、宗介は觔斗雲を呼びだした。出てきた觔斗雲も、宗介に合わせて縮んでいて、こちらは空豆ほどの大きさになっていた。

「じゃ、おれ、行ってくる。」

「よろしく、そうたん！　見つからないよう、気をつけてね。」

「敵の正体と、数と、三蔵法師の居場所を突きとめてきて。あと、救出するのに役立ちそうな情報とかあったら、お願い！」

「わ、わかった。できるだけがんばってくるよ。」

宗介は扉に向かって飛んでいった。扉の鍵穴はばかでかいもので、小さくなった宗介は觔斗雲ごと、楽々とすりぬけることができた。

そうして入った洞窟の中は、広々としていて、まるで村ほどの規模があった。あ

ちこちの岩壁がくり抜かれて、家らしきものも作られている。そこら中に赤いちょうちんが置かれ、そしてあの気味の悪い気配がどっぷりと満ちていた。よく見れば、足元の地面にはおびただしい数の骨や血痕も散らばっている。

ぞっとしながら、宗介は耳を澄ませた。すると、笑い声が奥から聞こえてきた。

そちらに行ってみれば、そこは広間のような空間となっていて、妖怪たちが集まっていた。その数、およそ２００。木の精を思わせるもの、魚っぽいもの、人間に似ているがうろこを持つものと、姿かたちはばらばらだが、みんな冷酷な目をしている。

そして、いちばん奥には骨と金で作られた玉座がすえられていて、朱色の甲冑をまとった大男がすわっていた。顔は猪のような獣面で、ふさふさと金のたてがみでおおわれている。体は筋肉でもりあがり、動くたびにゴリゴリと音がしそうだ。

こいつが妖怪の親分にちがいないと、宗介は少し観察することにした。

猪親分は機嫌よさそうに笑っていたが、ふいに「胡魔！」と大声で呼ばわった。すると、1匹の小妖怪が前に進み出てきた。ヤモリに似た顔をしていて、猿のようなすばしっこそうな体つきだ。腰には大きな赤いひょうたんをつけていた。

「はい、貘太子さま。この胡魔になんのご用でございましょう？」

「これから父上に手紙を

書くから、届けてくれ。またとない珍味が手に入ったと聞けば、父上のことだ、すぐにこちらにおいでになるだろう。そうなったら、三蔵法師を鍋に放りこんでくれる。ああ、心配するな。かわいい子分のおまえたちにも、一口ずつは食わせてやるからな。」

「貘太子さま、万歳！」

「よ、太っ腹！」

「さすが、あたしらの親分だよぉ！」

妖怪たちの歓声はわんわんと洞窟中にこだまし、宗介は頭が割れそうになって、あわてて退散することにした。

葵たちのもとに戻り、宗介は早口で報告した。

「妖怪が200匹くらいいる。親分は貘太子って名前で、めちゃ強そう。これから父親を呼んで、三蔵法師を鍋にするつもりらしい。もうじき胡魔ってやつが、貘太子の父親宛の手紙を持って、洞窟から出てくるはずだよ。」

「貘太子……。夢蘭夫人と同じで、原作には出てこないキャラね。でも、これっ

て、『金角・銀角』や『紅孩児』のエピソードにあてはまるのかな。まったく、次から次へと、新しいキャラが出てくるなんて……。宗介、胡魔って妖怪は、強そうだった？」

「いや、そんな強そうじゃなかった。腰にひょうたんくっつけて、鼻のあたりが赤かったから、酔っ払いっぽい感じがしたし。」

「そっか。ひょうたんか。なら……。あれをこうすれば……。」

少しの間、葵はめまぐるしく頭をめぐらせ、作戦を考えた。

そして、きっぱりと言ったのだ。「そいつ、つかまえよう。」と……。

30分後、貘睡洞の門番たちは仰天した。いきなり、鉄の扉がガンガンとすさまじく叩かれたのだ。

あわててのぞき窓から外をのぞいてみれば、見慣れぬ子どもがふたり、武器を持って仁王立ちになっていた。そして、そのそばには、さきほど外に送りだしたばかりの仲間、胡魔が縄でしばられて転がっているではないか。

門番たちはどなった。

「な、なんだ、貴様ら！　我らの仲間をつかまえて、どういうつもりだ！」

「どうもこうもない！　わたしたちは三蔵法師の弟子よ！」

「そう！　さあ、三蔵法師を返して！　さもないと、後悔することになるわよ！」

叫び返され、門番たちはあきれた。

「ばかめ！　ここは大妖怪、獏太子さまの住まいだぞ！　獏太子さまに食われたくなければ、とっとと胡魔を放して、ここを立ち去れ！」

だが、三蔵法師の弟子たちはひるまなかった。生意気そうな顔をした子どもが、さっと赤いひょうたんをかかげたのだ。

「これは魔法のひょうたんよ。どんな力を持っているか、今から見せてやるから！」

そう言って、子どもはひょうたんを胡魔に向け、「おい、胡魔！」と呼ばわった。胡魔はすぐさま「なんだよ！」と言い返した。

とたん、その体がぴゅっと縮み、一瞬でひょうたんに吸いこまれていったのだ。

いったい何が起きたのだと、我が目を疑う門番たちに、子どもは得意そうに言った。

「どう？　このひょうたんは返事をしたものをなんでも吸いこんで、中に封じこんでしまうのよ。さっさと三蔵法師を返しなさい。さもないと、あんたたちをぜんぶ吸いこんでやるから。でも、もし三蔵法師を無事に返してくれるなら、この魔法のひょうたんをあげてもいい。さ、どうする？」

「ま、待て！　我らでは決められん！　獏太子さまにお伝えしてくるから！」

門番たちは大あわてで獏太子に報告しに行った。

「何？　なんでも吸いこむひょうたんだと？　ばからしい。そんなものがあるわけないではないか。」

「いえ、信じられないでしょうが、本当なのです。胡魔が返事をしたとたん、しゅっと、体が縮んで、ひょうたんの中に吸いこまれていったのです。」

「胡魔が？　おのれ！　おれのかわいい子分をよくも！」

獏太子は最初は怒ったが、魔法のひょうたんには心をそそられた。

「父上のような魔王になるためにも、武器となる道具は手に入れておきたい。……よし。三蔵法師を白馬に乗せて連れてこい。弟子たちのところに連れていってやろう。」

猼太子は、洞窟の外に出ていくしたくにかかった。

のしのしと、見るからに強そうな金毛の化け物が洞窟から出てきたことに、葵とひなたは内心、ふるえそうになるほどおびえた。

だが、同時にほっとした。そいつは、白馬を引いていて、その上には三蔵法師がまたがっていたからだ。

くわっと化け物がどなった。

「貴様らが三蔵法師の弟子どもか！　おれは羊金王の子、猼太子！　じつに腹立たしくはあるが、取引に応じてやる。さあ、そのひょうたんを渡せ！」

「お師匠さまを先に放して！　そうしたら、ひょうたんを投げてあげる！」

「ふん。いいだろう。そら、行け、坊主！」

第4章　獏太子との戦い

獏太子は、乱暴に三蔵法師が乗っている白馬のしりを叩いた。ひひんと、白馬は驚いて走りだした。

葵とひなたは急いで白馬の行く手をさえぎり、三蔵法師をおろしてやった。

「ああ、八戒！　悟浄！　よく来てくれました。……しかし、悟空は？　なぜいないのです？」

「あの子はその……来なかったんです。お師匠さまに怒ってて。」

「おお、なんと。たしかに、悟空の警告を聞かなかったわたしが愚かでした。けれど、師を見捨てるなど、あまりに薄情ではありませんか。」

「ほらほら、お師匠さま。今は泣いている場合じゃないですよ。あたしたちは来たんですから、それでいいじゃないですか。」

ひなたが三蔵法師をなだめている間も、葵は獏太子と睨み合っていた。

「さあ、三蔵法師は放したぞ！　今度はそっちが約束を守れ！」

「わ、わかってるわよ。ほら！」

葵は持っていたひょうたんを投げた。

獏太子は、それを受けとるなり、にやっと笑った。そして、ひょうたんの口を葵たちに向け、大声で叫んだのだ。

「おい、三蔵法師の弟子ども！」

「何よ？」

「はーい。」

葵とひなたは素直に返事をしてやった。

そして……。

何も起きなかった。ふたりはひょうたんの中に吸いこまれなかったのだ。

獏太子は、はっとしたように目を見開き、それから怒りで顔を赤く染めた。

「おのれ！　だましたな！」

「そのとおり。それはただのひょうたんよ！」

「くそっ！　ものども！　出てこい！　弟子どもを殺し、三蔵法師を奪い返せ！」

獏太子の命令に、扉の奥から武装した妖怪たちがわらわらと飛びだしてきた。

恐怖でぎゅっと心臓が縮むのを感じながらも、葵は声をはりあげた。

「宗介！　今よ！」

ぱんと、大きな音を立てて、貘太子が持っていた赤いひょうたんが弾けた。中からハチの大群のように現れたのは、何百人もの宗介だった。それぞれ觔斗雲に乗り、手には如意棒をにぎりしめている。

驚き、足を止める妖怪たちに、宗介たちは一気に襲いかかった。縦横無尽に觔斗雲を乗り回し、妖怪たちの頭に如意棒を振り下ろしていく。その強いこと、すばやいことといったら。

信じられない光景だと、三蔵法師は目を見張った。

「こ、これは……。どういうことです？　悟空は来なかったのではないのですか？」

「全部あおっち、ううん、八戒の計画だったんです。」

ひなたが笑いながら、種明かしした。

「まず、妖怪を1匹つかまえて、そうたん、ううん、悟空にその妖怪の姿に化けて

もらいました。そして、名前を呼んだら、体を小さくして、ひょうたんの中に飛びこむようにしてもらったんです。そうすれば、吸いこまれたように見えるから。」

「な、なるほど。しかし、なぜそんなことを？」

「なんでも吸いこむひょうたんだって思いこませれば、ぜったいに妖怪たちはほしがって、お師匠さまと交換してくれるだろうって、八戒が思いついたんです。もちろん、すぐにうそだとばれるだろうから、その時は、悟空が分身の術を使って、外に出てきて大暴れする。そういう計画だったわけです。」

「そうでしたか。八戒、見事な策ですね。」

「ええ、まあ。このくらい、簡単です。」

そう。すべては葵の計画どおりに進んでいた。

今や、あれだけいた妖怪たちはみんな地面に倒れており、残っているのは貘太子だけとなっていた。その貘太子に、宗介たちはいっせいに如意棒を向けた。

貘太子は、自分の負けを悟ったのだろう。青ざめ、ぶるぶるふるえながら、持っていた大刀を取り落とした。

「いっけえ！　そうたん！　やっつけろ！」

「つぶしちゃえ、宗介！」

ひなたと葵が叫んだ時だ。

思わぬ邪魔が入った。

なんと、三蔵法師が貘太子の前に立ち、両手を広げてかばったのである。

「お、お師匠さま？」

「何やってんですか、もう！」

叫ぶ子どもたちに、三蔵法師はきりっとした顔で言った。

「おやめなさい、悟空。相手はすでにひとり。しかも、もはや戦う気力を失っているではありませんか！　このように無防備な相手をなぐりつけるなど、仏の道に外れることです。助けておあげなさい。」

予想もしていなかった出来事に、宗介の体から気がぬけた。とたん、分身たちがさっと薄れ、ばらばらと細かな髪の毛となって、地面に舞い落ちていった。

困り果てながら、宗介は葵とひなたのほうを振り返った。

「……お師匠さま、まじで言ってると思う？」

「はっきり言って、正気とは思えないわね。もう少しで食べられそうだったってこと、わかってないのかしら？」

葵の目は怒りでつりあがっていた。なんだか裏切られた気分だ。

だが、ひなたは違った。力なく笑いながら言ったのだ。

「関係ないんだよ、この人にとっては。困っている人がいたら、たとえ妖怪でも助けてあげたくなる。他のことはどうでもよくなっちゃうんだよ。それがたぶん、三蔵法師っていうキャラクターなんだと思う。」

「でも……こいつを助けたら、また悪さしてくるかもしれないのに。」

「それはそれだよ。とりあえず、助けてあげよう。そうしないと、お師匠さまはまた呪文を唱えて、そうたんの頭の環を締めつけてくるかもよ。」

「げっ！　それはかんべん！」

「ああ、もう！　ほんとばかみたい！　やだわ、こういうの！」

「はいはい、そんなに怒んないで、あおっち。あおっちはほんとによくやったんだから。そうたんもね。がんばったねえ。すごいよ。」

葵と宗介がひなたに慰められている間、三蔵法師は獏太子と向きあっていた。

「さあ、お立ち。おまえの命は取りません。どこなりと行くがいい。」

信じられないという顔をしていた獏太子だったが、三蔵法師のやさしい言葉に、ふいに涙をあふれさせ、がばっとはいつくばった。

「このご恩は忘れません、お坊さま！　今、この時より、おれは御仏の弟子となり、決して人間を食わず、妖怪とも争うことをしないと、お誓い申しあげます！」

「おお、それはすばらしい。ほら、そなたたち、ごらんなさい、慈悲を見せれば、むだな殺生をせずともすむものなのですよ。」

三蔵法師の言葉に、もちろん子どもたちはむっとした。

「なんか、もやもやする。」

「いいところをかっさらわれた気がする。」

「このいらっと感……。ほんと、アンデルセンさん級だ。」

だが、文句を言えば、１００倍に言い返してくるだろう。黙っているしかなかっ

た。

そのあと、「自分のなわばりを出るまで、道案内と護衛をやらせてくれ。」と、貘太子は申し出てきた。おかげで、三蔵法師一行はとてもスムーズに道を進むことができた。貘太子が一緒だと、獣も妖怪もいっさい邪魔してこなかったからだ。

やがて、大きな川までやってきた。貘太子は、足を止めた。

「おれはここまでです。この先は、川に沿って進んでください。ああ、どうかご安心を。この川が流れている土地はすべて、おれの父のなわばりなのです。父に手紙を送り、あなた方に手出ししないよう、伝えておきましょう。」

「それは助かります。ありがとう、貘太子。ああ、あなたのおかげでとても心強かったですよ。いっそ、このまま共に旅をつづけたいくらいです。」

三蔵法師の言葉に、子どもたちは「けっ！」と心の中でひねた声をあげた。

と、子どもたちの前に貘太子がやってきた。

「おまえたちにも感謝する。おまえたちがいなかったら、おれは三蔵法師さまを食って、より罪深い闇に堕ちていただろう。だから、これは礼だ。受けとってくれ。」

獏太子はそう言って、自分のたてがみを引き抜き、１本ずつ、子どもたちに渡した。

「おれのたてがみは特別なもので、これを指に巻きつけて眠れば、見たい夢を見られる。これから先も、旅で苦労することは多いだろう。せめて、夢くらいは好きなものを見てくれ。では、三蔵法師さま！　おさらば！」

悪役だったとは思えないほどかっこよく、獏太子は両手を合わせて三蔵法師にあいさつをし、さっと姿を消した。

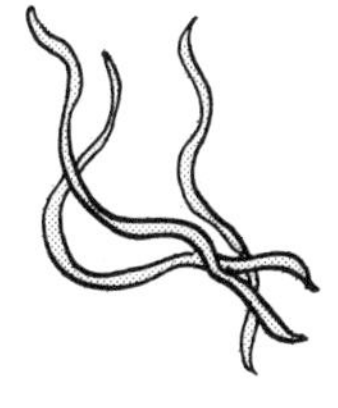

第5章（だい5しょう）

思わぬ結末（おもわぬけつまつ）

story 5

それから数日間は問題なく旅をつづけられた。

宗介と葵の顔つきは明るかった。夢蘭夫人と獏太子の件で、ふたりはすっかり自信をつけていたのだ。「何かあっても、きっとうまくいく。自分たちなら、なんとかできる。」という気持ちのおかげで、足取りも軽い。

だが、ひなただけは心にもやもやしたものを抱えていた。

「あおっちは作戦を考えるのがうまいし、そうたんはいろいろなことができて、役に立っている。……でも、あたしは何もしてない。」

今のところ、ひなたがやっていることといったら、三蔵法師の相手くらいだ。三蔵法師の話を聞き、うんうんとうなずいてやって、ご機嫌を保つ。いちばん役に立ってくれていると、宗介たちは言ってくれるが、いまいち自信がわかない。もっと活躍したい。仲間たちのために役立ちたい。それに……。

「なんか、もっとしっかりしたものが食べたいなあ。」

食事は1日2回。献立は、麦をまぜこんだ雑炊と、干したなつめだ。食べられるだけありがたいのかもしれないが、やっぱり物足りない。気力体力がじわじわとすりへっていくようで、本当に気が滅入ってくる。

「……よし！　休憩時間になったら、なんか食べるものをさがしてこよう。いつもと違うメニューにできたら、みんなもすっごく喜ぶよね！」

そう決めたら、実行あるのみ。次の休憩が待ち遠しい。

そう思った時だ。ふいに、白馬に乗っていた三蔵法師の体がぐらりとかたむき、ひなたのほうへと落ちてきた。

「うわっ！」

ひなたはあわてて三蔵法師を支え、なんとか無事に地面におろすことができた。

「ふう、危なかった。お師匠さま。どうしたんです？」

三蔵法師は答えなかった。その顔は赤く、べたべたと汗をかいて、苦しそうに息をしている。おでこに触ってみたところ、驚くほど熱かった。

「大変！　そうたん、あおっち！　ちょっと来て！　お師匠さまが熱出した！」

先を歩いていた宗介たちは、すぐさま駆け戻ってきた。

「うわ、ほんとだ。すごい熱だ。」

「朝は元気だったのに。疲れが出たのかな？　と、とにかく寝かせよう。」

３人は大急ぎで野宿のしたくをし、火をたいて湯をわかし、荷物の中にあった薬を三蔵法師に飲ませた。水でぬらした布で、三蔵法師の体をふいてやったりもした。

だが、三蔵法師の熱は下がらなかった。用意した雑炊すら、のどを通らぬようすだ。

「この雑炊じゃだめだ。もっと栄養があるものを食べさせないと。ねえ、あたし、ちょっと食べものをさがしてくるね！」

ひなたはそう叫んで、森の中に飛びこんだ。

肉や魚はだめだとしても、食べられるキノコや木の実がきっとあるはずだ。

三蔵法師を早く回復させてやらなければと、ひなたは目を皿のようにしてさがしまわった。だが、なかなか見つからない。やっと見つけた緑の果物は、ひどくしぶくて、食べられたものではなかった。

「うーん。思いどおりにいかないなあ。そろそろ戻らないとまずいし……。」

この時だ。ぎゃああっと、大きな悲鳴が聞こえてきた。

ひなたは思わず悲鳴のするほうへと走った。

すると、胴の太さが一かかえもある大蛇に出くわした。ぬらぬらと光りながら、木を這い上ろうとしている。その木の上には、若い女の人がいて、幹にすがりつきながら泣き叫んでいた。

このままでは危ない！

ひなたは足元にあった石を拾いあげ、蛇に投げつけた。蛇はさっと、ひなたのほうを振り返ってきた。その冷たい目にひるみながらも、ひなたは必死で叫んだ。

「しっ！　あっち行って！」

蛇はしばらくじっとしていた。が、やがて興味をなくしたかのように、ずるりと木立のむこうへと去っていった。

助かったと思いながら、ひなたは「もう大丈夫ですよ！」と、木の上にいる女の人に声をかけた。

がくがくふるえながらも女の人は木からおりてきて、ひなたの前にひざまずいた。

「ありがとうございます。ありがとうございます。本当に命の恩人です！　あなたさまがいなかったら、今頃、わたしは大蛇に食べられていました。ああ、このご恩をどうお返ししたらよいものでしょう？」

ぐううっ！

ひなたが何か言う前に、ひなたのお腹が盛大な音を立てた。

まあっと、女の人が笑った。

「お腹がすいていらっしゃるのですね？　では、こちらを。」

女の人は背負っていた布包みの中から、竹でできた箱を取りだした。大きなお弁当箱サイズのそれには、むっちりとした白い饅頭が4つ詰めこまれていた。

「うわ、おいしそう！　もらっていいんですか？」

「もちろんです。あいにくと、中身は肉ではなく、獣茸というキノコを刻んで味つけをしたものなんですけど。」

「獣茸？」

「はい。このあたりでは、肉は貴重で。だから、肉のような味がする獣茸をよく使うのです。それに、獣茸にはとても栄養があって、薬がわりにもなります。病気になると、みんな、獣茸を食べますよ。そうすると、熱が下がって、一気に元気になりますから。こんなものでよろしければ、受けとっていただけませんか？」

ひなたは飛びあがらんばかりに喜んだ。熱冷ましの効果がある、栄養のある食べものだなんて、まさにさがしていたものではないか。しかも、キノコだから、安心して三蔵法師にも食べさせられる。

ひなたはお礼を言って饅頭を受けとり、仲間たちのもとに飛んで帰った。

「ねえ、聞いて！　あたしね、今、人助けしてきたの。そうしたら、その人、お礼に饅頭をくれたんだ！　ほら、これ！」

「うまそう！　すごいじゃん、ひなねえ！」

「でしょ？　しかも、これ、熱冷ましの効果もあるんだって！」

「ほんと？　なら、すぐに三蔵法師に食べさせないと。」

「うん！」

ひなたは饅頭を1つ持って、横たわっている三蔵法師のもとに行った。

「お師匠さま。饅頭ですよ。お薬にもなるやつだから、ほら、食べてください。」

だが、近づけられた饅頭から、三蔵法師は顔を背けた。

「……肉の匂い。いけません。悟浄よ。我らが僧侶であることを忘れたのですか？」

「違いますって。これ、獣茸っていうキノコの匂いです。肉そっくりの味がするキノコだって、くれた人が言っていました。」

「獣茸？　聞いたことがない名です。ああ……。だめです。キノコだとしても、こうも肉っぽいものを食べるわけには……。」

熱に浮かされながら、断固として饅頭を拒む三蔵法師。

埒が明かないと、ひなたは三蔵法師の鼻をつまみあげた。そして、三蔵法師が口を開けたところで、饅頭をその口に押しこんでやった。

「んぐっ！　そ、そなた……んぐっ。美味……。」

一口味わってしまうと、三蔵法師も饅頭のおいしさのとりこになったようだ。目を閉じたまま、もぐもぐと口を動かしていき、結局最後まで食べきってしまった。

　そして、そのまま、すうすうと、寝息をたてだしたのである。もはやその顔は苦しげではなく、ほのかに赤みも薄らぎはじめていた。

　ためしに三蔵法師のおでこに触れてみたひなたは、驚いた。さっきまで火のように熱かったのに、今はそれほどでもない。

「すごい。ほんとに効果抜群なんだ。」

「ひなねえ、いいもの、もらったね。大手柄だよ。」

「へへへ。でしょ？　三蔵法師はこのまま寝かせておいてあげれば、大丈夫だと思う。ってことで、あたしたちも饅頭を食べちゃおう。」

　3人は1つずつ饅頭を手に取った。饅頭はまだほかほかとしていて、本当にいい匂いがした。

　ひなたはいちばんにかじりついた。もちもちとした皮の中から、じゅわっと、ジューシーな餡が出てきた。その風味は肉そのもの。恋いこがれていた肉にありつけたような心地に、ひなたは大満足した。

「うっまああ！」

「おいしい！　ああ、なんかちゃんとした料理を食べてるって気分！」

　宗介と葵の感動している声も、ひなたには心地よかった。

「ふふふ。あたしってば、偉い！　三蔵法師を元気にして、そうたんたちにも喜んでもらえて。お肉っぽいものも食べられたし、目的を一気に３つも達成しちゃった！」

　饅頭をたいらげたあと、子どもたちもちょっと昼寝をすることにした。お腹がふくれている時の一眠りは、本当に心地よいものだった。

　だが、その眠りは大きな声によって破られた。

「弟子たちよ、起きなさい！」

「ひゃっ！」

あわてて飛び起きてみれば、三蔵法師が立ってこちらを見ていた。その顔はつやつやして、元気がみなぎっている感じだった。

「お、お師匠さま、元気になったんですね？」

「ええ、このとおりです。そなたたちが看病してくれたのは、おぼろにですが、ちゃんと覚えていますよ。でも、悟浄、そなたは何か変なものを、わたしの口に押しこみませんでしたか？」

「と、とんでもないです。ちゃんとしたお薬ですよ。ね、みんな？」

「そうそう。栄養満点のやつです。」

「お師匠さまは、ひな……悟浄に感謝したほうがいいですよ。いちばんがんばったのは、悟浄ですから。」

「そうなのですか？　何やら、非常に不愉快だった気も……いえ、ここはすなおに礼を言いましょう。悟浄、ありがとう。感謝しますよ。」

にこっとほほえみかけられ、ひなたは胸が熱くなった。すごくうれしかった。やはり、三蔵法師の感謝というのは格別だ。

「さて、日が暮れるまでまだ時間はありそうですし、このまま先を急ぎましょう。」

「え？　病み上がりだし、今日はこのまま休んだほうがいいと思いますけど。」

「いえ、わたしなら大丈夫です。だから、ほら、行きましょう。」

饅頭のおかげで、三蔵法師は元気がありあまっているようだ。でも、その気持ちはよくわかった。子どもたちも同じだったからだ。

というわけで、ふたたび出発となった。

「なんか体が軽いや。獣茸効果、恐るべし！」

「ほんと。獣茸って、どんなキノコなのかな？　見かけたら、収穫していきたいわ。」

「あたしも同じこと考えてた。ああ、さっきの女の人に、獣茸のこと、くわしく聞いておけばよかった。」

「これこれ、そなたたち。いつまで食べもののことを話しているのですか。食欲も煩悩の1つ。そんなものに囚われてしまうのは、卑しいことですよ。」

おしゃべりがはずむ子どもたちを、三蔵法師がたしなめた時だ。

ふいに、おいしげっていた木立が開け、目の前に途方もなく大きな湖が現れた。まるで海のように、どこまでも広がる湖は、圧倒的で美しかった。

三蔵法師一行は、しばらくの間、言葉もないまま見とれていた。

と、声をかけられた。

「もし。そこなるお坊さまたち。」

声のしたほうを見れば、いつのまにか、かしこそうな顔の少年が湖のほとりにいた。大きめの小舟に乗っており、手には長い竿を持っている。

少年は礼儀正しい口調で言った。

「わたしはこの湖の渡し舟を司っております。あなたさまたちはもしかして、天竺に向かわれる方々でいらっしゃいますか？」

「はい。そのとおりです。」

「では、こちらの小舟にお乗りください。この湖の中央にある島にお連れいたしましょう。島には仏蓮寺というお寺があります。そこで、天竺に入るための特別な数珠をいただけます。それなしでは、決して天竺にはたどりつけないのです。」

「おお、そうでしたか。それではぜひとも連れていってください。あ、この馬も連れていきたいのですが？」

「かまいません。この舟は、馬が20頭乗っても、沈みませんから。」

「よかった。では、弟子たちよ、舟に乗りましょう。」

三蔵法師と子どもたちはいそいそと小舟に乗ろうとした。

ところが、三蔵法師たちが近づいたとたん、少年はさっと袖で鼻を押さえたのだ。

「ああ、なんと！　なんと獣臭い！　いまわしい！」

少年は叫び、打って変わった鋭い目で三蔵法師たちを睨みつけた。

「あなたたちは肉を口にしましたね！　僧侶としての戒めを破ったのですね！　あ、そんな人たちを舟に乗せるわけにはいきません！　さあ、離れてください！」

「ま、待ってください。誤解です。わたしも弟子たちも、肉など食べてはおりません！」

三蔵法師があわてて言い、ひなたもすかさず声をあげた。

「そ、そうです！　たぶん、それ、獣茸の匂いです。あたしたち、さっき獣茸の饅頭を食べたばかりだから。」

「獣茸？」

少年はばかにしたように鼻で笑った。

「なんとも下手な言い訳ですね。そんなものはありません。」

「えっ？　で、でも、このあたりの人はよく食べているって……。肉そっくりの味がするキノコだって、そう言って……。」

「だれから聞いたか知りませんが、うそですよ。獣茸などというキノコはないんです。ともかく、肉を食べたあなたたちを舟には乗せられません。」

「待ってください！　ではわたしたちはどうやって仏蓮寺に行ったらよいのでしょう？」

「無理ですね。この湖の水は穢れを嫌います。命が惜しかったら、湖を渡ろうなどと思わないことです。つまり、天竺に行くこと自体が、もう不可能ということです。あきらめて、元来た道を戻るといいでしょう。」

そっけなく言ったあと、少年は竿で小舟を操り、あっという間に遠ざかっていってしまった。その姿が見えなくなるまで、三蔵法師たちは身動き一つできなかった。特に、ひなたの顔からはすっかり血の気が失せていた。

自分がもらった饅頭のせい？　でも、そんなはずは……。でも、あの男の子は獣なんてないって、はっきり言っていたし。これはいったいどういうことだろう？

混乱していた時、ふいに、けたたましい笑い声が上からふってきた。

顔をあげれば、空中にひとりの老人が浮かんでいた。雲のような白いひげをはやした、卵体型の老人で、一見すると、かわいらしい感じだ。が、その頭には金色の巻き角が2本はえており、こちらを見下ろす目には毒々しい悪意があふれていた。

妖怪だと、宗介たちは急いで三蔵法師を囲み、それぞれ武器をかまえた。

「だ、だれだ！」

「わしは羊金王。獏太子の父親じゃ。三蔵法師、それにその弟子どもよ。わしが差し入れた肉まんは、口に合ったかな？」

全員が、その言葉にはっとした。

ひなたは泣きそうになりながら声をしぼりだした。

「それじゃ、あ、あたしが助けた女の人は……あなただったの？」 

「そうとも。わしが化けていたのじゃ。ちなみに、あの時の大蛇はわしの手下じゃ。くくっ！　羊の肉が使われているとも知らず、うまいうまいと饅頭を頬張る貴様らのすがたは、見ていてじつに滑稽であったぞ！」

ショックを受けているひなたに代わり、今度は宗介が声をはりあげた。

「な、なんでこんなことをしたんだ！　獏太子はお師匠さまに感謝していたのに！　これからは正しく生きるって、お礼を言ってたくらいなのに！」

「だからじゃ！」

くわっと、羊金王は目をむいた。

「わしのせがれ、獏太子は、妖力と武芸に優れた妖怪であった。ゆくゆくはわしの跡を継ぎ、立派な魔王になったはずじゃ。だが、貴様らのせいで骨抜きにされ、争い事ができぬ身となってしまった。じつに腹立たしいかぎりじゃ。よって、父親のわしが一矢報いることにしたわけじゃ。」

「報いるって……。」

「せがれにたのまれたから、貴様らに直接危害は加えん。そのかわり、こうしていやがらせをさせてもらった。貴様らはもう天竺には行けん。おおいに苦しめ。」

かかかかっと、耳障りな笑い声だけを残して、羊金王はさっと姿をかき消した。

なんてことだと、ひなたは真っ青になった。胸が苦しくて、息ができないような気がした。仲間の役に立つどころか、取り返しのつかないことをしでかしてしまった。もう自分たちはこれ以上進めない。『西遊記』の旅もここまでなのだ。

一方、三蔵法師のほうも血の気を失っていた。

「わたしは……本当に肉を、た、食べてしまったというのですか。」

第5章　思わぬ結末

　ふいに、三蔵法師は口に手をあて、近くの茂みに駆けこんでいった。そのあとすぐ、げえげえと、吐く音が聞こえてきた。僧侶である三蔵法師にとって、肉を食べるとはそれほど罪深いことなのだと、子どもたちはあらためて思い知った。

　ひなたはのろのろと宗介と葵のほうを見た。

「ごめん。あ、あたしのせいで……。まさか、こ、こんなことになるなんて……。」

　ぼろぼろと涙をこぼすひなたの姿は、とても痛々しくて、葵も宗介も見ていられなかった。

　葵は急いで言った。

「だ、大丈夫よ、ひなねえ。まだ終わりじゃない。こっちには孫悟空である宗介がいるんだから。宗介が觔斗雲でさっと飛んでいって、仏蓮寺から数珠を取ってくればいい。そうでしょ？」

「そ、そうだな。よし。行ってくるよ。」

　宗介はさっそく觔斗雲を呼びだし、湖の上へと飛びだした。

　次の瞬間、異変が起きた。おだやかだった湖面がぐわぐわっと、まるで沸騰した

ように揺れ動き、突然、無数の水柱が噴きあがってきたのだ。

水柱はまるで意思を持つ龍のようになり、宗介を飲みこみにかかってきた。これはまずいと、宗介はあわてて高く上昇したが、意味はなかった。水柱はどこまでもしつこく追ってくる。

このままでは逃げきれないと、宗介は岸辺のほうに引き返した。そうして湖を離れたとたん、水柱はすうっと戻っていき、湖面はまた鏡のようにしずまったのだ。

あぜんとしながら、葵はつぶやいた。

「……さっきの男の子が言っていた、この湖の水は穢れを嫌うって、このことだったのね。たしかに、これじゃ命がいくつあっても足りないわ。」

なんとも重苦しい沈黙が満ちていった。

その時だ。茂みから、三蔵法師がよろよろと姿を現した。顔色はまだ灰のようだったが、その目は強く燃えていた。

「そなたたち、何をうなだれているのです。」

絶望などかけらもない、りりしい声だった。

目を丸くする子どもたちに、三蔵法師はきっぱりと言った。

「わたしには天竺に行くという使命があります。妖怪のたくらみごときであきらめるわけにはいきません。なげくなど、時間の無駄もいいところです。涙をこぼしているひまがあったら、この体に取りこんでしまった肉の穢れを祓う方法をさがさなくては。違いますか、悟空、八戒、悟浄？」

三蔵法師の力強い言葉と声に、子どもたちは心をゆさぶられるのを感じた。「もうだめだ！」という弱気がみるみる打ち消されていく。

そして3人とも、ようやく思い知ったのだ。やはり三蔵法師こそが、『西遊記』の主人公なのだと。

「やっぱりすごい人だったんだね。」

「おれ、見直したよ。」

「わたしも。」

だが、心から感動したのも束の間だった。三蔵法師は目を閉じ、両手を合わせて

祈りだしたのだ。

「あの、お師匠さま？　いきなりどうしたんです？」

「穢れを祓う方法をさがしに行くんじゃないんですか？」

「それはそなたたちにまかせます。」

「えええええっ！」

「熱に浮かされていたとはいえ、肉を食べてしまったことは、わたしの一生の不覚。そのつぐないのため、わたしはここに残り、断食します。そなたたちが戻ってくるまで、水も食べものもいっさい口にはしません。そして、ただひたすら、そなたたちをお導きくだされと、御仏に祈ります。そうすれば、きっと救いの手が差しのべられることでしょう。ということで、動きだしなさい、我が弟子たちよ。」

「そ、そんな！　そんなのってないですよ！」

「もし、何日も方法が見つからなかったら？　し、死んじゃいますよ？」

だが、いくら文句を言ってもむだだった。祈りに夢中になった三蔵法師は、石像のように反応しなくなってしまったのである。

第6章
終わりは始まり
story 6

さあ、またやっかいなことになったと、子どもたちは顔を見合わせた。

体を清める方法を見つけださなければ、三蔵法師はいずれ餓死してしまうだろう。どんなにお腹がすこうとも、こうと決めたら、三蔵法師は信念を貫き通す。そのことはもういやというほどわかっていた。

「ほんとにもう……やっぱり三蔵法師って嫌い！」

「断食じゃなくて、おれたちといっしょに方法をさがしてくれるほうがいいのに！」

「今のはさすがにないよね。」

とはいえ、三蔵法師は１つだけよいことをしてくれた。あきらめかけていた３人の気持ちを、見事復活させてくれたのだから。

さて、どうしようと、３人は輪になって腰をおろし、考えこんだ。

最初に口を開いたのは、宗介だった。

「葵。なんか考えてくれ。ほら、獏太子の時はすごかったじゃないか。敵を吸いこむ魔法のひょうたんを思いついたりしてさ。想像力が貧弱だって言ってたけど、たいしたもんだよ。」

「違う。魔法のひょうたんは原作のアイテム。わたしのアイディアじゃないわ。」

「だ、だとしても、なんか思いつかないか？」

「あのね！　なんでもわたしを頼らないでよ！　わたしは分析と推理と計算が得意なんだってば！　それに……ただ想像力があったってだめ。『西遊記』のブックがないと、書き直しも新しい展開を作りだすことも無理なんだもの。」

「くそっ！　ブックか！」

ブックがあれば、肉まんを食べた罪をちゃらにできる。『西遊記』の旅を再開できる。いや、何もかも元どおりに直すことができるのだ。

「……イッテンたちはまだブックを取り戻せないのかなあ？」

「まだだから、迎えに来てくれないんでしょ？　きっと、今でもグライモンのとこ

ろにあるのよ。で、守って子がそれを使って、書き換え……あれ？」

　ふいに、葵は真剣な顔になって考えこんだ。あることがいなずまのように頭にひらめいてきたのだ。

「どうしたの、あおっち？」

「待って。今ちょっと考えをまとめているから。……ねえ、夢蘭夫人や獏太子や羊金王はどうして出てきたんだと思う？」

「えっ？」

「だって、今の『西遊記』は悪役すらもいない、すかすかの状態だったはずなのに。わたしたちが冒険を始めたら、急にあいつらが出てきた。わたしたちを苦しめるために、だれかがブックの力を使って、あのキャラクターを生みだしたんだと思わない？」

「つまり……グライモンのしわざってこと？」

「そう。でも、ブックを使えるのは、グライモンじゃなくて守よ。つまり、夢蘭夫人たちを作ったのは、守ってことになるわ。」

だけどと、葵は大きく息を吸いこんだ。

「そこが変なのよ。夢蘭夫人のモデルは、白骨夫人という妖怪のはず。だったら、最初から白骨夫人を復活させればいいのに。獏太子にしても羊金王にしても、そうよ。なんで、わざわざオリジナルのキャラクターを作ったんだろ？　なんで、そんな面倒くさいことをしたんだろ？」

「たしかに、それは気になるね。」

葵が言わんとしていることに気づき、ひなたがうなずいた。

「それに、ストーリーマスターの相棒になった子なら、原作がどんなに大切か、わかってるはずだよね。グライモンに脅されてブックを使わなくちゃいけないとしても、本当なら原作のキャラを復活させて、出してくるはずだよね。」

「……でも、そうしなかった。わざわざオリジナルのキャラクターを作って、この世界に送りこんできた。くそ！　わけわかんないな！　なんなんだよ！　魔王につかまっているなら、ふつうは助けてくれって思うはずなのに！」

宗介の言葉に、葵ははっとした。

「……そうか。これ、SOSなんだ！」

「え？」

きょとんとする宗介とひなたに、葵は興奮しながらまくしたてた。

「ほら、思いだして！　夢蘭夫人をやっつけたら、よく眠れる泡枕をもらえたでしょ？　獏太子の時は、好きな夢を見られるたてがみ。そして、今回は羊の肉まん。羊って、なんとなく眠りと関係している生き物だと思わない？」

「そうだね。でも……それがどういうことか、あたし、よくわかんないんだけど。」

「おれも。」

とまどっている仲間たちに、だからと、葵は声に力をこめた。

「ぜんぶ、眠りが関係している！　枕もたてがみも肉まんも！　敵キャラの名前もそう！　夢蘭夫人は夢。羊金王は羊だもの。」

「でも、獏太子は？」

「獏太子の名前にも意味があるわ。だって、獏って、悪夢を食べる獣のことだもの。ね？　ぜんぶ当てはまるでしょ？　これはメッセージなんだと思う。グライモンに気づかれないようにしながら、守は必死で自分の居場所を教えているのよ。つまりね、守とブックが捕らえられているのは、夢の世界の中なんじゃない？」

宗介とひなたは息をのんだ。そんなばかなと、最初は思った。だが、葵の目を見返すうちに、ありえるかもしれないという気持ちになってきた。

「……もし、それが本当だとして、おれたちはこれからどうすればいいんだ？」

「泡枕と獏太子のたてがみを使って、夢に入ってみたらどうかな？　守がいる場所に行きたいって願えば、その夢を見られるはずよ。……まあ、かなり非現実的な話だけどね。」

自信なさそうに付け加える葵の手を、がしっと、ひなたがつかんだ。その目にはいつものガッツが戻ってきていた。

「あおっち。すごいよ！　それ、いいアイディアだよ！　試してみよう。だめだったら、だめで、また別の方法をさがせばいいもの。ね、そうたん？」

「うん。そうだな。」

「わ、わかったわ。じゃ、やろう！」

3人はまず泡枕を取りだした。小さな泡そっくりの泡枕に水をふりかけたところ、むわっと、ベッドほどの大きさにまでふくらんだ。感触はぷにぷにぷるんとしていて、心地よい。

次に指に獏太子のたてがみを巻きつけ、泡枕の上に横たわった。そうしながら、お互いの手をにぎりあい、ぎゅっと目を閉じた。

「よし。じゃ、願って。守のところに行きたい。会いに行きたい。」

「守のところに行きたい。」

「守に、会いに……。」

みるみる眠気が押しよせてきた。自分たちの声がどんどん遠ざかり、すうっと深い水の中に沈んでいくような心地になっていく。

そして……。

はっと気づいた時、3人は暗闇の空間に立っていた。

目の前には、見たこともない大きな城がそびえたっていた。色とりどりの菓子をめちゃくちゃに盛りつけたかのような城と、そこからあふれでているすさまじく

甘ったるい匂いに、3人は後ずさりするほどひるんだ。

「ぐえっ！　すげえ匂い！」

「甘すぎて、頭ががんがんする！」

「すごい。このあたしが全然食欲がわいてこない。」

だが、ここで3人ははっとした。城の扉が小さく開き、同い年くらいの少年が走りでてきたのだ。

かたまっている3人の前までやってくると、少年はかすかに笑った。

「よかった。ぼくのメッセージに気づいてくれて、本当にありがとう。」

その言葉に、3人は少年がだれであるかを悟った。

「守、君？　守君なのね？」

「そうだよ。でも、話をしている時間はないんだ。ほら、これを持っていって！」

守はあわただしく、分厚い本を葵に押しつけた。

「『西遊記』のブックだ。これをイッテンたちに渡すんだ。頼んだよ。さ、もう行って。あめのやグライモンに気づかれたら、君たちまでつかまるよ！」

早く戻れとうながしてくる守に、３人はびっくりした。

「え、ここに残る気？」

「一緒に行こうよ！　逃げよう！」

「無理だ。」

守は顔をゆがめながら、首を指差した。細い首には黒い首輪がはまり、それには長い鎖がとりつけられていた。

「ぼくは逃げられない。迷惑をかけて、ほんとごめん。……ぼくが言えたことじゃないけど、物語を守って。頼むよ。」

もちろん、宗介も葵もひなたも、「はい、そうですか。」とはうなずけなかった。せっかく守に出会えたのだ。なんとしてもこのまま連れて帰りたい。

ひなたは宗介を見た。

「そうたん、如意棒出して。如意棒で鎖を叩けば、砕くことができるかも。」

「そ、そうね。今の宗介ならできるかも！　宗介、やってみて！」

「わかった。」

宗介はしまっていた如意棒を取りだし、手頃なサイズに変えて、剣のように振りかぶった。そうして、守の足元にじゃらりとたれている長い鎖目がけて、思いきり如意棒を叩きつけた。

ぐわああんと、お寺の鐘を打ち鳴らすような大きな音と、もうもうとした土ぼこりが立った。

だが、そんな強烈な一撃をもってしても、細い鎖は切れるどころか、傷一つつかなかったのだ。

守は悲しげに顔をふせた。

「やっぱりだめみたいだね。……ありがとう。もういいよ。もう行って。」

「そんな……。あ、あきらめるのはまだ早いよ。ぜったい方法はあるはずだってば。ね、あおっちもそうたんも、そう思うよね？」

宗介と葵がうなずきかけた時だ。

城の奥のほうから、小さなくつ音が聞こえてきた。つづいて、呼び声も。

「守～？　どこにいるの～？」

甘い毒のような声に、守、そしてひなたはさっと青ざめた。

「あめのだ！」

「そうだよ。あいつだ！　もうすぐここに来る！　そうなったら、君らもつかまる！」

守は必死の形相になり、目の前に立つひなたをぐいっと押しやった。

「早く目を覚ますんだ！　そうすれば、あめのもグライモンも手を出せない！」

「ま、守君！」

それでもあきらめたくなくて、ひなたはもう一度、守に手を伸ばそうとした。だが、ここで聞こえてくる足音が一気に早まった。あめのが何か気づいて、こちらに向かって走りだしたらしい。

ぞわっと、宗介と葵は背筋が寒くなった。ここはグライモンの領域だ。ここで自分たちまでつかまってしまったら、もうおしまいだ。

「だめだ、ひなねえ！　このままじゃ、おれたちまでやばいよ！」

「宗介の言うとおりよ！　いったん逃げないと！」

「で、でも、守君を……。」

「わかってる！　わかってるけど、今は無理なんだよ、ひなねえ！」

助けたくとも助けられない。息苦しいほどのせつなさを感じながら、宗介はひなたの手をつかんでひっぱった。

この時には、足音はすぐ近くにまで迫っていた。

もうだめだと、ひなたもついにあきらめた。

逃げよう！　目覚めよう！

そう思ったとたん、３人は眠りから覚めていた。

魔王の城は夢と共に消えていたが、葵の腕の中には、『西遊記』のブックがしっかりと残っていた。

それからあとは早かった。葵がブックに「孫悟空、猪八戒、沙悟浄、白龍」と書きこんだところ、すぐに元の物語が復活し、西遊記ワールドを満たしたのだ。

物語の修復が完了したことで、子どもたちの役目も終わった。

第6章　終わりは始まり

3人は世界の図書館へと呼び戻され、イッテンやストーリーマスターたちから、おおいにほめたたえられた。

だが、3人の心は晴れなかった。守の顔が目に焼きついていたからだ。

すべてをあきらめてしまったような、なんとも苦しげで悲しそうな表情だった。

首輪をつけられ、鎖につながれていた姿も忘れられない。

そんな守を見捨ててきてしまった自分たちのことが、許せない気持ちだった。

うなだれている子どもたちに、イッテンは金色の目を向けた。

「どうしたのじゃ、おぬしら？　いつになく静かではないか。」

「……お祝いする気分になんかなれないよ。」

「そうよ。だって、わたしたち……守君を見捨ててきちゃったんだもの。」

「……守君、グライモンにひどい目にあわされていないかな。」

ずーんと落ちこむ3人に、イッテンはふふんと鼻を鳴らした。

「そう落ちこむことはないぞ。これからが始まりじゃからな。」

「え？」

「おぬしらのおかげで、グライモンの暴食城がどこにあるかもわかった。次はわしらが仕掛ける番じゃ。守を取り戻し、グライモンに思い知らせてやる。のう、ストーリーマスターたちよ。そうじゃろ？」

おおおおっと、ストーリーマスターたちは雄叫びをとどろかせた。それは世界の図書館そのものの声のようだった。

目を白黒させている子どもたちに、イッテンはいたずらっぽく尋ねた。

「それで、おぬしらはどうする？　このまま家に帰るか、それともわしらと一緒にグライモンのところに乗りこみに行くか。」

子どもたちは顔を見合わせた。宗介も葵もひなたも、心はすでに決まっていた。だから、声をそろえて返事をした。「一緒に行く！」と。

amano
jaku
天邪鬼（あまのじゃく）のひねくれ物語（ものがたり）紹介（しょうかい）

『西遊記』の主人公って、三蔵法師なのか、孫悟空なのか、よくわからないわね。活躍ぶりから言うと、孫悟空なんだけど、この猿はどちらかというと悪役だと、わたしは思うのよね。だって、元々はすごくわがままだし、乱暴だもの。盗みに脅しに人殺し。やってない悪事はないってくらい。いっそ悪役になりきってくれていたら、いい仲間になってくれたでしょうに。

一方の三蔵法師だけど、こちらは完璧な善人。で、ものすごく腹立たしいやつよ。正義感にこりかたまっていて、きれいごとばかり言うんだもの。孫悟空の忠告を何度も無視して危険な目にあうし、そのくせ「弟子たちよ、早く助けておくれ～！」って、情けなく泣くくし。まあ、これほどイライラさせてくれる登場人物も、そうはいないでしょうよ。グライモンさまでさえ、三蔵法師には手を出さなかったくらい。どう料理しても、えぐみが出てしまうだろうってことらしいわ。

さあて、それはそうと、おもしろいことになったわね。守は頭がいいから、何かやるだろうと思っていたけれど、期待以上だったわ。わざわざ、あの３人を暴食城に導いてくれるなんて。

今回のことで暴食城に出入りする方法が知られてしまった。ストーリーマスターたちが乗りこんでくるのも、時間の問題でしょうね。ふふふ。これでもう、こそこそする必要はないんだわ。わたしが望んでいたとおりになったってわけ。

グライモンさまは最初はちょっとあわてていらっしゃったけど、こうなったらとことん相手をしてやると、がつがつ『西遊記』フルコースを食べはじめたわ。食べて、呪いのダメージから回復したいんで

すって。

わたしもすごく腕(うで)が鳴(な)るわ。ストーリーマスターどもに、どんなおもてなしをしてやろうかしら。

ふふふ。

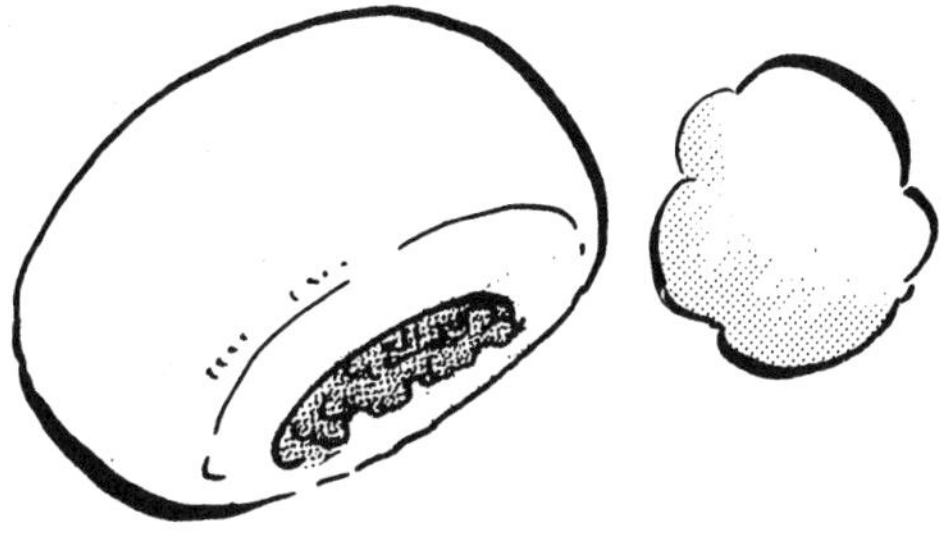

— 作 —

廣嶋 玲子

ひろしまれいこ／神奈川県生まれ。「水妖の森」で第４回ジュニア冒険小説大賞受賞、『狐霊の檻』（小峰書店）で第34回うつのみやこども賞受賞。代表作に「ふしぎ駄菓子屋　銭天堂」（偕成社）、「十年屋」（静山社）、「妖怪の子預かります」（東京創元社）、「怪奇漢方桃印」（講談社）などのシリーズがある。

「好きだった冒険物語は、それこそ山ほどありますが、『ホビットの冒険』『ナルニア国物語』『はてしない物語』の３作が、私の心にもっとも残っているものです。」

— 絵 —

江口 夏実

えぐちなつみ／東京都生まれ。「非日常的な何気ない話」で第57回ちばてつや賞一般部門佳作を受賞。2011年より「モーニング」で連載していた『鬼灯の冷徹』（講談社）が第52回星雲賞コミック部門受賞。現在『出禁のモグラ』（講談社）を「モーニング」にて連載中。

「冒険物語というジャンルで考えると、映画『ドラえもん のび太の日本誕生』とスーパーファミコンのゲーム『スーパーマリオRPG』がいちばん好きでした。本では図鑑や、ミステリー・怪奇ものばかり読んでいたのですが、ゲームは自分で進めるので『冒険』のおもしろさをより理解できたのだと思います。」

〒112-8001
東京都文京区音羽 2-12-21
講談社 こども事業部
新事業チーム
ふしぎな図書館と
消えた西遊記 係

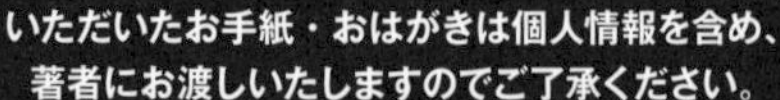
いただいたお手紙・おはがきは個人情報を含め、
著者にお渡しいたしますのでご了承ください。

この作品の感想や著者へのメッセージ、本や図書館にまつわるエピソード、またグライモンに食べてほしい名作……などがあったら、右のQRコードから送ってくださいね！今後の作品の参考にさせていただきます。いただいた個人情報は著者に渡すことがありますので、ご了承ください。

図書館版　ふしぎな図書館と消えた西遊記

ストーリーマスターズ⑤

2024年3月19日　第1刷発行

作　廣嶋玲子
絵　江口夏実
装幀　小林朋子
発行者　森田浩章
発行所　株式会社　講談社

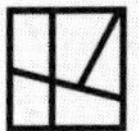
KODANSHA

〒112-8001 東京都文京区音羽 2-12-21
電話　編集 03-5395-3592　販売 03-5395-3625　業務 03-5395-3615
印刷所　大日本印刷株式会社
製本所　大口製本印刷株式会社
データ制作　講談社デジタル製作

N.D.C.913 158p 19cm

ISBN978-4-06-534717-1

この作品は、書き下ろしです。定価は表紙に表示してあります。